濱村渚的計算筆記

不可思議王國的期末考

ふしぎの国の期末テスト

第2冊

青柳碧人
AOYAGI AITO
緋華璃——譯

事情的開端

因應近來少年犯罪的急速增加，政府刷新了義務教育的內容——為了養成青少年尊重他人、體恤弱者的情懷，提高了藝術科目的比重。然而，此舉必然會導致其他科目的內容陸續遭到刪減，尤其是基於「將事物量化，只著重數理、物理現象等事實的科目，容易否定尊重心靈、體恤他人的人性」的這般理由，大幅削減了數理方面的科目。

有一天，政府收到某個訊息。一個上了年紀的男人出現在網路上的自由投稿影音串流平台。他叫高木源一郎，是後來人稱「畢達哥拉斯博士」的數學家。

我要求政府，應立即提高數學在義務教育裡的地位。為達成此目的，我將挾持全體日本國民作為人質。

你們都知道這個吧？這是我親自參與製作的數學教學軟體。

我悄悄在這套軟體裡，用程式埋入了某種特殊訊號。只要是曾在日本國內高中上過課的人，全都已經透過這套軟體接收了我所埋入的訊號。你們可以把那些訊號，想作是一種事先催眠。

我可以透過那些訊號，直接控制你們的大腦。也就是說只要我下道命令，每一個日本國民都可能……會成為殺人犯呢。

請你們安心。我的目的並不是要讓這個國家陷入混亂，而是想要你們再重新思考一次數學的價值。我將給政府一個月的緩衝時間，還請再度讓這個國家的孩子們——開心學數學。

他領軍的數學恐怖組織「黑色三角板」開始在全國展開恐怖活動……

隸屬於警視廳的「黑色三角板特別對策本部」起用了沒見過這套軟體的成員，但他們全都對數學一竅不通，因此只好請「熱愛數學」的平凡中學生——濱村渚來本部幫忙。

log10.

『五顏六色的處刑台』

√1 律師之死

濱村渚在那則犯罪聲明發表日的傍晚來到警視廳。

「濱村，你看了『Zeta Tube』嗎？」

瀨島直樹瞪著濱村渚說。他的態度永遠都這麼高高在上。

他口中的「Zeta Tube」是數學恐怖組織「黑色三角板」用來發表犯罪聲明所使用的免費影音網站。基於網路的特性，要揪出上傳者幾乎是不可能的任務。

這次發表犯罪聲明的，並不是組織的頭目畢達哥拉斯博士，而是負責執行的男人。

「我一放學就直接搭電車過來了，所以沒看到。」

濱村回答，看似十分在意地輕撫貼著OK繃的臉頰，好像是打躲避球不小心擦傷的痕跡。

「這次的對手是這傢伙。」

瀨島讓濱村看他列印出來的恐怖分子資料。

「長得很帥吧？」

他說的沒錯，資料裡有一張年輕帥哥的照片，輕柔飄逸的棕色髮絲蓋到眼睛，嘴角掛著爽朗的微笑。濱村渚苦笑，不知該怎麼評論才好。

「聽說是魔術方塊的前日本冠軍。」

「魔術方塊？」

濱村仰望著瀨島，鸚鵡學舌似地重複。我從一旁的盒子裡拿出兩個魔術方塊，放在一頭霧水的濱村面前。一個是正常大小的魔術方塊，另一個則小一點，都是九宮格的標準版本，六面的顏色全都處於撥亂的狀態。

「這你總有看過吧？」

「啊，看過。聽說本田同學的哥哥很會玩這個。」

「本田同學？」

「我們班上的男生。很驕傲地說他哥哥很會玩魔術方塊，還曾經帶來學校過。」

「他哥今年幾歲？」

瀨島問她。

「本田同學的哥哥嗎？我記得好像是高中三年級。」

「……那就不行了。」

瀨島大概打著這次不要找濱村渚，而是請本田同學的哥哥來幫忙的如意算盤。然而，高三正是看最多高木源一郎所編寫的數學教育軟體的年代，結果我們還是只能仰賴這個嬌小的國中女生。

「濱村同學也玩過嗎？」

我拉回正題。

「我想想，當時大家都在輪流玩本田同學帶來的魔術方塊，可是還沒輪到我就被老師發現、沒收了……」

濱村渚害臊地開始撥弄劉海，這是她平常的習慣。

「所以這是我第一次摸到。」

濱村渚邊說邊拿起小一號的魔術方塊。以她的手來說，那樣的大小剛剛好。

卡嚓、卡嚓……她開始轉動魔術方塊，動作笨拙得令人有點看不下去。

睫毛纖長、目光迷濛的雙眼皮大眼悄悄地往我這一瞥，臉上浮現出不安的表情。然後視線再度落在手中的魔術方塊上，這次的動作比剛才快多了。

卡嚓、卡嚓、卡嚓……

瀨島雖然渾身上下都散發出不感興趣的氣息，卻還是一直斜眼觀察她的動作。這也難怪。他直到剛才都在為了解開魔術方塊使出渾身解數，但那顯然不是一朝一夕就能習得的技能，只好認輸放棄。

如果是這個擅長數學的國中女生，就算是第一次接觸，肯定也能輕易地轉出六個相同顏色的面吧。我和竹內本部長、以及幾個知道內情的資深刑警無不滿懷期待地盯著她看。

濱村渚卡嚓卡嚓卡嚓地轉了兩分鐘，突然停手。直到剛才還亂七八糟的六個面嘛……跟剛才幾乎沒有兩樣，還是亂七八糟的。

放棄了嗎？就算是這樣，未免也太快了吧？

濱村渚放下魔術方塊，拉開書包，拿出筆記本——封面描繪著櫻桃的圖案，是濱村渚的計算簿。放在桌上，翻開簇新的空百頁。

再用右手從制服外套胸前的口袋裡拿出粉紅色的自動鉛筆，左手又開始撥弄劉海，在筆記本上寫下某個算式。

開始計算。

Σ

「黑色三角板」由原本是數學家的高木源一郎（人稱畢達哥拉斯博士）主導，因為他們的活動，「數學是培養恐怖分子的學問」這種想法開始蔓延，導致數學從義務教育裡消失了。然而，不可否認的，過去曾經是數學大國的日本的確也有很多人認同黑色三角板的論調，像是被炒魷魚的數學老師、理科學生等等，大都投身於這個恐怖組織，讓日本社會更趨混亂……

這些人的家人拚了命地想要帶回加入組織的學生們。因為太多人提出告訴，律師協會也不能再睜一隻眼、閉一隻眼。協會成立專業的律師團，透過各大媒體開始抨擊恐怖組織。總有一天，這個團體也會成為恐怖威脅的對象也說不定——我們警察擔心的事情，這次終於發生了——有兩名律師團的成員下落不明。

在失去聯繫的第二天早上，其中一位佐佐木律師成了冰冷的遺體，被裝在棺材裡送回律師團總部的事務所，死因是頸部受到壓迫，窒息而死。

光是把屍體裝在棺材裡送回律師事務所就已經夠荒謬了，更令世人跌破眼鏡的是棺材的設計——棺木和蓋子都用正方形的磁磚裝飾得五顏六色，紅色、藍色、黃色、橘色、綠色、白色……簡直就像被撥亂的魔術方塊。

發現屍體的兩小時後，也就是上午八點左右，那個男人出現在免費影音平台「Zeta Tube」上。

「各位收到我送的禮物了嗎？」

輕柔飄逸的棕色髮絲蓋到眼睛，身上披著設計得跟棺材一樣，由六種顏色的無數正方形所組成的一件色彩繽紛斗篷。還很年輕，看起來大概只有二十出頭。

「我乃魔術方塊王子，是黑色三角板的儲備幹部。」

戴著白手套的手裡握著一個魔術方塊，六個面的顏色都被撥得亂七八糟。他把魔術方塊舉到螢幕前，以迅雷不及掩耳的速度開始卡嚓卡嚓地轉動起來。

「最近，我們神聖的活動被沒良心的律師團破壞了，這真是糟糕呢。律師的工作應該要懲惡揚善不是嗎？我們的活動可是終極的善，是為了打造世界上最美好的數學王國。」

卡嚓、卡嚓、卡嚓……他手中的魔術方塊彷彿受到命運的牽引，相同顏色的方塊逐漸靠攏。

「阻撓我們的律師團才是邪惡的一方，因此……」

他頓時停下轉動魔術方塊的動作，冷冷地盯著螢幕。

「死有餘辜。」

喀嗒。耳邊傳來輕微的塑膠碰撞聲，魔術方塊在他手中完美呈現六面皆一致的顏色。連三十秒都還不到。

「給我聽清楚了，律師團的各位，還有文科的人。繼續當我們是壞人乃愚不可及的行為。啊哈，想也知道，文科的腦袋顯然沒我們聰明。」

「魔術方塊王子」被自己的台詞逗笑了。這傢伙果然跟高木源一郎是同一種人。

這時，畫面突然切換。

陰暗的房間裡有張床，有個男人奄奄一息地躺在床上。是與佐佐木律師同時不知去向的高野律師。人還活著，只是睡著了，但十分衰弱。

「再繼續干擾我們會有什麼下場，就算是頭腦不靈光的你們也知道吧。」

鏡頭拉近高野律師的臉，背後傳來魔術方塊王子冷酷無情的旁白。

「快點實現我們提倡的數學教育吧，再會。」

影片伴隨著噗滋一聲畫下句點。不可一世的犯罪聲明，從頭到尾都當看的人是笨蛋。

透過對策本部的資料庫，立刻查明這個男人的真實身分。

唐澤武瑠，二十二歲，高中時曾經連續三年奪下全日本魔術方塊大賽的冠軍，成績十分輝煌。考上東京都的大學，主修建築學。自從黑色三角板開始採取恐怖攻擊後就銷聲匿跡，家人曾向警方報案，要求協尋。

魔術方塊與被勒死的屍體。雖然不知道兩者究竟有什麼關聯性，既然是黑色三角板幹的好事，肯定跟數學脫不了關係，我們立刻聯絡濱村渚。

濱村渚就讀於千葉市立麻砂第二中學二年級，是個平凡的小女生。第一次由千葉縣警的警官帶來警視廳時，我們無論如何都不相信她有本事與恐怖組織對峙。然而，我們這群數學白痴根本是白擔心，看到她以與生俱來的計算能力與對數學的熱情，陸續解決四色問題連續殺人案乃至圓周率海賊團事件後，現在已經全心全意地信賴她了。

Σ

粉紅色自動鉛筆在兩個尚未解開的魔術方塊旁倏地停止書寫。

「哇，武藤警官，你看。」

濱村渚拉拉我的袖子。又來了，明明我什麼也看不懂……但我還是應她要求，看了筆記本一眼，上頭寫了好長一串數字。

『43252003274489856000』

冷不防，正後方傳來一陣薄荷清香與沙沙作響。

「啊，渚，你來啦。」

回頭一看，大山梓嘴裡還啣著牙刷，探頭來看筆記本的內容。這個完全沒有女人味的女人昨天熬夜調查別的案子，直到剛才都還在隔壁的房間睡覺。

「梓姊姊，你好。」

「那是什麼的計算？」

「我試著計算這個魔術方塊可以有幾種顏色的配置，沒想到居然是這麼大的數字，就連我自己也嚇了一跳。」

「哼，這是怎麼計算出來的？」

大山梓真是不知死活。聚集在對策本部裡的警察全都是數學白痴。儘管如此，大山依舊每次都會詢問濱村計算的根據。

「我想想，首先以立方體的性質來說，有八個頂點對吧。頂點的配置為八的階乘，亦即 40320 種排列方法，每個頂點再各自延伸出去三個面，三的八次方……」

完全摸不著頭緒的計算。

「不要再賣弄了！」

瀨島失去耐性，大山又開始沙沙作響地刷牙。

「快點解開啦。」

濱村慢條斯理地將迷濛的雙眼望向瀨島，指著自己剛才轉過的那個小一號的魔術方塊。

「我已經解開啦，不信你仔細看。」

她在說什麼？怎麼看就連一面都沒有解開啊。瀨島、竹內本部長及幾個資深刑警也都一頭霧水。

「哇！」

大山梓突然大叫，牙膏的泡沫噴得到處都是，還噴到瀨島天然鬈的頭髮上。

「髒死了，搞什麼嘛。」

「確實解開了！」

大山興奮地說，泡泡從嘴角滴落。右手抓著小一號的魔術方塊，左手拿起原本放在一旁，正常大小的魔術方塊。

輪流端詳兩個魔術方塊好一會兒之後，我們的雞皮疙瘩都立正站好。

紅色、白色、綠色、綠色、橘色、黃色、黃色、藍色、白色……被濱村渚轉過的那個小一號的魔術方塊，顏色的配置與大山左手拿的魔術方塊一模一樣！

「什麼！」

瀨島從大山手中搶過那兩個魔術方塊，轉來轉去地比對六個面。不用看他的表情也知道，肯定完美無缺。因為這個少女可不是等閒之輩。話又說回來，居然能原封不動地照抄另一個魔術方塊的顏色配置。光是要讓六個面的顏色各自一致就已經很困難了，要再加上這種神乎其技的變化，簡直比登天還難。

「怎麼？難道是我搞錯遊戲規則了？」

唯獨濱村本人不明白我們為何如此驚訝。

「大錯特錯。」

瀨島把魔術方塊還給她。還是不以為然的語氣，但臉上浮現出與恐懼無異的表情。

「魔術方塊的目的是要轉到每個面都是相同的顏色。」

「哦，原來如此。」

小手中的魔術方塊幾乎像是自動的一般，開始卡嚓卡嚓地轉動起來。濱村的動作已經很熟練了。

「像這樣嗎？」

不到兩分鐘，她手中的魔術方塊彷彿理所當然地呈現六面各自統一的顏色。

√4　白色立方體

走進鑑識課，23班的成員全都一臉凝重地抱著胳膊，不知道圍著什麼東西。鼻環、光頭、燕尾蝶刺青……還是老樣子，沒有幾個正經人，卻是我們「黑色三角板特別對策本部」經常請求協助的單位。

「嗨。」

尾財拓彌舉起手來打招呼。他是這個凶神惡煞單位的老大。前陣子還是土黃色的頭髮，尾端又去染成毫無品味的綠色。在濱村渚回家約兩小時後，接到他叫我們過來的電話。

「拓彌，到底有什麼事？」

大山梓問他，在座的鑑識人員全都自動自發地讓開一條路。

他們原本圍著那個裝過佐佐木律師屍體的棺木，表面確實貼滿了無數原色的磁磚，與照片上看到的一樣。

「哦，這是那具棺材嘛。」

看樣子，鑑識課也已經習慣把跟黑色三角板有關的證物轉交給23班了。

「裡頭除了遺體以外，還有個奇怪的東西。」

「奇怪的東西？」

我不解地反問，一旁梳了個大背頭鑑識官秀出裝在塑膠袋裡的東西。

雖然一眼就能認出那是魔術方塊。不過，我們內心皆不約而同地湧出強烈的異樣感。

「這是怎麼回事？」

瀨島接過那個魔術方塊，舉到眼前，一臉匪夷所思地盯著看。

果然。這玩意兒沒有魔術方塊一定會有的要素——表面的顏色。

六面都是白的。無論怎麼轉，六面都是白色，是個不可思議的魔術方塊……這樣就沒有意義了。

「會不會是尚未完成的產品？還沒貼上顏色的貼紙。」

「不是。」

瀨島駁回我的假設，露出其中一面。

起先以為六面都是白色，原來並非如此——唯有瀨島讓我看的那一面，正中央貼了一張貼紙。兩個重疊的三角板，是那個恐怖組織的標誌。

然而，就算貼上這個標誌，依舊改變不了這玩意做為一個魔術方塊而言並不完整的事實。

「為了保全證據，目前還維持在發現時的狀態，沒有人去動它。還有這個……」

尾財搔了搔後腦勺的綠色頭髮，視線落在棺材的蓋子上。

「在棺蓋的部分檢查出指紋。經過資料庫比對，確定是唐澤武瑠的指紋沒錯……」

咦？我的腦海中浮現出一個疑問。

「指紋？」

「怎麼了？武藤。」

瀨島瞪著我的臉。

「他不是戴著手套嗎？印上指紋反而奇怪。」

「對耶。」大山與瀨島異口同聲地回答，似乎也回想起魔術方塊王子出現在「Zeta Tube」的影像，他那動作俐落地轉動魔術方塊的雙手確實戴著白色手套。

「就是這點，武藤警官。」

尾財皺眉，接著說：

「我們也覺得很奇怪。所以撒上粉末仔細地檢查一下，發現印上指紋的方式很不自然，幾乎是不可能……啊，阿誠做了縮小版。」

尾財讓我們看一張紙。這個班裡面也有認真做事的成員，一絲不苟地重現了棺蓋上五顏六色的圖案，還用螢光筆圈起印上指紋的部分。

而那個用螢光筆圈出來的圖案……

「十字架？」

正如大山所説，螢光筆的痕跡以那個黑色三角板的標誌為中心，在幾片磁磚的縫隙裡勾勒出十字架的形狀。

「如果是這樣，那真是太沒品了。」

尾財臉色鐵青地把紙遞給瀨島。

這個案子從頭到尾都很沒品，可是為何要大費周章地為棺材蓋印上十字架的指紋呢？該不會是要給有辦法檢測出指紋的警察某種下馬威吧？

正當我這麼想的時候，瀨島目不轉睛地盯著十字架，呵呵笑了。

「這不是十字架。」

他似乎察覺到什麼。

「明天一早就請濱村渚過來。」

他看著我的臉，意思是要我打電話給她。

對方是國中生，還在受義務教育。想也知道這個男人才不管別人方不方便。在美國長大的人都這麼不客氣嗎。

偷偷望了大山梓一眼，她似乎也贊成找濱村來。

Σ

「討厭，今天有烹飪課說。」

濱村渚撫摸著臉頰上的OK繃抱怨，表情倒也沒她說的那麼不開心。明明向學校請了假，還是穿著那身西裝外套制服，胸前口袋妥妥貼貼地插著朋友送她的粉紅色自動鉛筆。

「烹飪課？要做什麼菜？」

大山梓問她。

「柳川鍋。」

「什麼？」

「老師要我們透過江戶、東京的傳統料理了解日本的文化，看是要選軍雞鍋還是柳川鍋。」

「透過了解日本的文化來培養悲天憫人的胸懷」是目前教育革新的重點之一。基於上述重點，不由分說地把「愛國心」與「悲憫」攪和在一起為「家政課」設定目的，反而招致混亂，結果只能從「軍雞鍋或柳川鍋」這種莫名其妙的選項二擇一。

「那為什麼會選柳川鍋？」

「我們班啊……把『軍雞』和『柳葉魚』搞混了（註：前者的日文發音爲Syamo，後者的日文發音爲Sisyamo），大家都認為柳葉魚用烤的比用煮的好吃，所以就選了泥鰍（註：柳川鍋是用泥鰍製作的鍋類料理，起源於日本的江户時代）。」

濱村難為情地笑著說。教學的人亂七八糟，被教的人也亂七八糟。這個國家的教育已經生病了。

「兩種都差不多吧。我比較喜歡牛肉，雞和魚都不是我的菜。」

濱村靈巧地撕下OK繃，臉頰上還有被躲避球砸到的傷痕，小小的結痂周圍留下OK繃的痕跡。

「武藤警官，可以再給我一片OK繃嗎？」

「哦，可以啊。」

我打開醫藥箱，拿出一片OK繃給她。

「謝謝。」

濱村沒照鏡子就分毫不差地將OK繃貼在先前的OK繃痕跡上。不愧是精通數學的女孩，完美地掌握了自己臉上的座標。

……我又在想一些五四三的了。

「濱村，你知道多少？」

對烹飪課與OK繃一點興趣也沒有的瀨島失去耐性地插嘴。

「呃，在電話裡聽到純白的魔術方塊。」

「棺蓋呢？」

「哦，指紋的痕跡形成十字架的圖案嗎。武藤警官也告訴我了。」

瀨島滿意地綻放笑意，讓她看尾財提供的棺蓋縮小版。想當然耳，上頭有用螢光筆圈起來的十字架。

濱村一看到十字架就驚訝地張開嘴巴，視線從紙上移開，微微一笑。

「原來如此，是這麼回事啊。」

她頓時就察覺出瀨島昨天的「發現」了。

「怎麼回事？」

我和大山還在狀況外，瀨島神神祕祕地笑著說。

「這不是十字架，而是展開圖。」

——我花了一點時間才理解這句話的意思。展開圖是指沿著立體的邊剪開，可以同時看到所有底面、側面的圖。再看一次那個十字架，的確有點像是立方體的展開圖，由3×3的九片磁磚構成一面。

試著在腦海中組合起來，每一面由3×3的九宮格構成五顏六色的立方體……這是！

「這是魔術方塊的展開圖，真不愧是魔術方塊王子，居然能想到這麼有趣的點子。」

濱村渚笑得合不攏嘴。比起烹飪課，這個國中女生果然還是比較適合數學。

「可是啊，就算知道這和白色的魔術方塊有關，也不知道哪一面是哪一面。」

大山梓不解地歪著脖子。

「所以這個標誌就派上用場了。」

濱村渚指著三角板的標誌說。

「那個魔術方塊上也有一個地方有這個標誌吧，把這個白色魔術方塊的顏色與那個白色魔術方塊的顏色配置在相同的位置上。」

「話說回來，那個魔術方塊呢？」

瀨島貌似就在等我問這個問題，打開旁邊的抽屜，拿出那個魔術方塊，六面已經用彩色筆塗上顏色了。

「已經上好色了。」

瀨島得意地昭告天下。沒想到他瞞著我們做了這件事。

總而言之，當這個魔術方塊六面呈現相同的顏色，肯定會有什麼發現。

「不愧是瀨島警官，做事真有效率。」

受到濱村的稱讚，瀨島自鳴得意的表情頓時變得有些複雜。我立刻意會過來他的表情代表什麼。因為他的自尊心受到挑戰了。

即使能看穿十字架是展開圖、為雪白的魔術方塊塗上顏色，也無法將六個面都轉成相同的顏色。因此，雖然是他一馬當先地提議找濱村過來，自尊心也不許他真的低頭求她幫忙。

大山似乎也察覺到這點，哈哈一笑，手搭在濱村肩上。

「渚，可以請你咻咻咻地解開這個魔術方塊嗎？」

瀨島終究還是把最重要的任務交給了大山，真是個自尊心比天還高的男人。

「可以啊。」

瀨島一聲不吭地把手中的魔術方塊交到濱村渚手上。

這時，我的眼角餘光捕捉到那個象徵黑色三角板的標誌。對方可是數學恐怖組織，萬一這裡頭有什麼危險物品……

「等一下。」

濱村、瀨島、大山全都一臉狐疑地看著我。

「我來。」

「啥？」

瀨島不以為然地發出高八度的叫聲。

「你說什麼？」

「說不定一解開就會爆炸。」

「爆炸」這個字眼讓濱村的視線有些飄忽，或許給她帶來不必要的擔憂了。

還以為瀨島和大山會嗤之以鼻地笑著帶過，但他們也開始一臉正色地思考。真尷尬。只好由說出這句話的我負起責任來。

「對吧？所以讓我來吧。」

Σ

我穿上防爆衣、戴上安全帽和防彈眼鏡，其他人則躲在二十公尺以外的鋁合金盾牌後面看著我。地點是爆裂物處理室……弄到這個地步，不禁擔心起手中的魔術方塊，該不會真是炸彈吧？

「接著請向右轉動，讓那個角角的橘色部分移動九十度。」

濱村透過擴音器做出指示。她也在鋁合金的盾牌後面，手裡握著一般的魔術方塊，採取自己邊轉邊告訴我該怎麼轉的方式進行任務，所以非常耗時間，從開始到現在已經過了五十分鐘。

多虧濱村很有耐心地陪我們耗，我手中的魔術方塊終於慢慢地統一每個面的顏色。

「武藤警官加油！再轉三次就能解開了。」

再轉三次……不知不覺已經要完成了嗎。

「先把綠綠白的部分向左轉九十度。」

喀嗒……到了這個地步，我也看出個所以然來了。

「再把白白紅的部分往下轉九十度。」

喀嗒……只剩一次。不用她教我也知道，只要把紅紅紅的部分向左轉九十度……

「武藤！」

有個大嗓門蓋過了濱村渚從擴音器裡傳來的指示。大山梓曾幾何時連同盾牌一起移動到我身邊。

「解開後立刻扔掉，來我這邊避難！」

「什麼？」

「說不定會爆炸。」

她既沒有穿防爆衣，也沒戴安全帽，離我只有五公尺。敢情她冒著自己可能會受池魚之殃的風險也要努力救我嗎。平常冷淡歸冷淡，緊要關頭還是很可靠的伙伴。

「好。」

我下定決心，深呼吸，與大山交換一個眼神，一口氣將紅色部分轉動九十度。喀嗒。然後立刻拋開那個立方體，滑進盾牌後面，與大山肩靠著肩，屏息以待……就這麼過了兩秒，什麼聲音也沒有。

大山和我從鋁合金的盾牌後面探頭探腦。

『噠啦噠啦噠啦……』

耳邊突然響起刺耳的音樂。我們下意識蹲低身子，但是並沒有爆炸。

『恭喜！』

聲音是從魔術方塊裡傳出來的。

『能聽到這個訊息，表示各位已經解開謎團了。』

大概是設定成解開魔術方塊時，就會發出魔術方塊王子事先錄好的訊息吧。

『我想招待各位去一個很棒的地方。』

什麼地方？

『我接下來要公布地址了，準備好抄下來了嗎？』

突然這麼說，我穿著防爆衣，身上什麼都沒有。望向大山，更是立刻死了這條心——她從生下來就與文具無緣。回頭看，濱村渚拿著粉紅色自動鉛筆和櫻桃筆記本，站在瀨島旁邊。

『埼玉縣，薄澤町……』

我們警察就連記下魔術方塊王子提供的地址，也要仰賴濱村渚的計算筆記。

$\sqrt{9}$ 奇妙的房間

薄澤町位於關東山地的入口、埼玉縣的深處。魔術方塊王子告訴他們的地址在森林裡，四周都是針葉樹，由瀨島負責駕駛的警車行駛在彷彿無限延伸的羊腸小徑上。對方手上有人質，擔心太多人一擁而上會刺激犯人，所以只有我們展開行動。

「這種地方真的有住家嗎？」

瀨島握著方向盤說道，口吻似是不相信恐怖組織會在這種深山老林裡引發事件。但魔術方塊王子指定的地點確實是這裡沒錯。我與濱村渚在後座面面相覷。

「啊。」

副駕駛座的大山低喃。擋風玻璃的前方突然出現一棟建築物。

「魔術方塊。」

紅色、藍色、橘色、白色、黃色、綠色……一如大山所説，樹林間有一棟色彩宛若巨大魔術方塊的建築物。

車子停在建築物門口，我等一行人下車。與其説是立方體，那棟建築物更像扁平的直方體，活像埋在土裡的巨大魔術方塊。

「居然做到這個地步，真是好厲害呀。」

濱村渚睫毛纖長的雙眼皮大眼注視眼前的光景，自言自語地感嘆。雖然有點後知後覺，我這才想起唐澤武瑠大學主修的是建築學。

我們打算開門走向玄關。

貼著橘色磁磚的大門卻鎖上了。

「你們看這個。」

大山指著門把。門把設計成小型的魔術方塊，看似只要稍微轉動一下，就能讓六個面的顏色統一。

「武藤警官，你要不要試試看？」

門把的高度剛好與濱村的眼睛同高。

「我就算了。濱村同學，你來吧。」

濱村燦爛一笑，伸出小手，卡嚓卡嚓地轉動四次。

隨著魔術方塊解開，大門自動往左右兩邊打開。雖然一直讚美敵人實在不成體統，但對方的能力真不是蓋的。

「好暗啊。」

提心弔膽地往屋子裡窺探，室內瀰漫著深不見底的黑暗，儼然要吞噬我們。

「進去吧。」

毫無緊張感的大山走在前面打頭陣，濱村和我殿後。

「說要招待我們，但什麼都沒準備嗎？」

正當走在最後一個的瀨島語出譏嘲的瞬間——

嘎啦嘎啦嘎啦……砰！

光線與背後的聲響同時消失，頓時伸手不見五指的黑暗中只剩下我們四個人。門自動關上了。

「可惡！」

瀨島拚命巴在門板上，想把門打開，但是伸手不見五指的黑暗隨即讓人無法判斷門縫在哪，就連這個房間有多大、其他人在什麼地方都無法確定。

「武藤警官……」

濱村渚不安地喊著我的名字，抓住我的衣袖。這下子至少知道她的位置了。

心臟跳得飛快，得先冷靜下來才行……

『噠啦噠啦噠啦啦！』

耳邊突然又傳來那個刺耳的音樂。

『歡迎光臨魔術方塊城堡！』

聲音大概是從喇叭傳出來的，魔術方塊王子本人不在這個房間裡。

『可是，沒想到你們來得這麼快。』

好像不是錄音，而是在別的房間觀察我們的動靜。

「我們是來抓你的！」

大山叫道。

『啊哈哈！別那麼激動。想見我的話，就請你們解開我接下來出的所有謎題。』

「誰有空陪你玩無聊的解謎遊戲啊。」

黑暗中，瀨島的態度依舊不可一世。

半晌的沉默……「無聊」這個字眼似乎惹毛了魔術方塊王子。

『你們不在乎高野先生的死活嗎？』

魔術方塊王子冷冷地挑釁回來。

「你說什麼？」

腦海中自然而然地浮現出高野律師奄奄一息躺在床上的模樣。的確，人質的生命才是最重要的。

『不管怎樣，你們要是解不開謎題，也別想離開這裡。頭腦不好的人就給我死在密室裡吧。』

「卑鄙小人！」

『啊哈！結果只會罵人嗎？文科的人就是這樣才傷腦筋。』

「請問……」

殺氣騰騰的黑暗中響起一個小小的聲音，感覺抓住我袖子的手稍微用了點力。

「可以開燈嗎？」

是濱村渚。

「我怕黑。」

只要離開數學，她就會變回普通的國中女生。

『啊哈……』

或許是步調被打亂了，魔術方塊王子有些困惑地乾笑。

『真不好意思，那就讓各位欣賞我俊美的風采吧。』

「什麼？」

突如其來的白光。好刺眼！我不由自主地閉上眼。

戒慎恐懼地睜開雙眼，囚禁我們的房間映入眼簾，詭異至極。

剛才還伸手不見五指的房間只有兩坪多一點，所有的牆壁、天花板，乃至於地板全都貼滿了魔術方塊王子擺出各種姿勢的大張照片。

「這是什麼鬼？」

忍不住驚呼出聲後，才發現那並不是照片，而是影像。

這個房間包含剛才進來的門板後面在內，四面都是高畫質的電視牆。不只牆壁，天花板和地板也都不例外。每面電視牆都分成九宮格，播放著魔術方塊王子自戀到極點的表情。

『這就是我的一切喔。啊哈哈！』

笑聲裡充滿對我們的悔蔑與對自己長相異常的自戀，然後就再也聽不見他的聲音了。

Σ

啵……

濱村渚伸手一摸，九宮格畫面的背景部分發出藍光，呈現魔術方塊王子啣著玫瑰花，拋媚眼的影像。

「要怎麼移動呢。」

濱村渚用左手撥弄劉海，喃喃自語。她到底在說什麼。

我們三個警察當場坐在地上，冷眼旁觀濱村渚努力尋找鑰匙，試圖解開魔術方塊王子留下的「謎題」。魔術方塊王子只丟出「謎題」，卻沒交代遊戲規則就切斷了通話。

「話說回來，真令人不爽啊。」

大山梓乾脆躺下來。即便在這樣的情況下，依舊沒有絲毫緊張感。明明可能無法離開這裡。

——頭腦不好的人就給我死在密室裡吧。

魔術方塊王子的話言猶在耳，牆上影像突然變了……倒也不是變，而是移動了。剛才位於右手邊最下層的三個影像繞到背後。大概是可以用觸控式螢幕移動影像。

「哦，原來是這樣移動的。」

濱村渚看著我們的臉，恍然大悟地說。

「我明白移動的方法了。」

移動的方法？我們三個警察還愁眉苦臉，只覺得王子自戀到極點的各種表情全都令人噁心想吐。

濱村渚似乎領悟到這一點，豎起食指，這是她打算說明時的招牌動作。

「各位發現了嗎？王子的影像其實只有六種。」

重新觀察牆上的影像。

啣著玫瑰的臉、雙手放在頭上的臉、閉上雙眼，嘟著嘴的臉、手放在下巴的側臉、微笑著沖水的臉、以及舉起魔術方塊，志得意滿的臉。還以為有各式各樣的表情，但其實只有這六種。

「等一下喔。」

瀨島咕噥，我也發現了。

前後左右四堵牆和天花板、地板各自分割成九宮格畫面，撥放的影像共有六種……

「我們被關在魔術方塊裡了。」

原來如此。所以才要尋找「移動的方法」嗎。

「真不愧是魔術方塊王子，居然讓我們從魔術方塊的裡面往外看。下次見到本田同學的哥哥，可以向他炫耀了。」

即使在這麼詭異的情況下，濱村渚還是能稱讚自戀的恐怖分子。諷刺的是，人工光線從四面八方的畫面裡透出來，照亮她貼著OK繃的臉，看起來挺開心。

「那就來試試看吧。」

「哦，好。」

雖然還很茫然，我們三個警察反射性地回答。

「請武藤警官負責這面牆，梓姊姊負責那面牆，瀨島警官則是那面牆，麻煩你們了。」

我和大山、瀨島一旦掉進這種世界，就只能仰賴這位國中生。在她行雲流水的指示下，開始從內側拆解魔術方塊。這恐怕也是史上首次從內側拆解魔術方塊的挑戰。

$\sqrt{16}$ 隱藏的圖案

冷冰冰的灰色走廊轉了好幾個彎，彷彿可以通到天涯海角。兩側的牆壁是用混凝土打造的，並未貼上五顏六色的磁磚，不知是故意打造成這樣，還是來不及裝潢，總之這種事一點都不重要。

「這棟房子有這麼大嗎？」

大山東張西望地說。

在濱村的指示下，幾分鐘就搞定剛才那個自戀狂的魔術方塊，搞定的同時，與玄關反方向的牆壁自動開啟。從踏上往外延伸的走廊到現在，約莫已經走了上百公尺。

「我猜就快到了。」

濱村右手拿著粉紅色自動鉛筆，不曉得在空中寫了些什麼。大山匪夷所思地看著她的側臉。

「怎麼說？」

「這棟建築物是魔術方塊，所以從上面看下來是正方形。剛才已經在走廊上左轉七次，而且間隔的時間愈來愈短。由此可知，我們應該是繞著圈子往正方形的中央前進。」

瀨島和我都聽得入神。

「倘若下一個房間位於正方形中央，那應該快到了。」

轉過第八個轉角，再往前走幾公尺就是走廊盡頭，左側牆上有扇裝飾著綠色和黃色正方形磁磚的門。假設濱村渚說的是對的，這個房間就在正方形的中央。

門把又設計成魔術方塊的形狀，但這次好像沒有上鎖。

「要打開嘍？」

大山伸手，也不等我們回答，逕自打開房門。

比剛才的房間稍微大一點，四周是平凡無奇的混凝土牆，跟走廊一樣。除了進來的門以外，沒有其他出入口。那當然，因為這個房間是「正方形的中心」。

房間中央有張木製小桌，桌上有個奇妙的立方體，跟普通的魔術方塊一樣，可以轉來轉去，但卻是無色透明的。

濱村渚不解地側著小腦袋瓜，用手指彈了下透明方塊。

「這是什麼？」

她回頭看著我們。我們怎麼可能會知道。我只知道她很開心。

『嗟啦嗟啦嗟啦啦……』

歡迎來到我的大本營——刺耳的音樂又響起。喇叭就設置在天花板的角落。

『居然能來到這裡。下一個問題。』

「好的，請出題。」

濱村渚很有活力地回答。

『進入下一個房間的鑰匙是「藏起來的正六角形」。期待各位能快點找到我這裡來。』

魔術方塊王子只說到這裡，再度單方面地結束通話。

「真是的，搞什麼嘛。」

大山心浮氣躁地抓抓後腦勺，頭髮都不高興地翹起來了。

相較之下，濱村雙眼閃閃發光，嘴巴微張，一臉樂在其中地拿起無色透明的魔術方塊。瀨島以眼神追逐她的動作。

「濱村，你知道那傢伙說的意思嗎？」

濱村渚一時半刻什麼也沒說，只是旋轉魔術方塊，讓燈光透進去。然後把魔術方塊放回桌上，從書包裡拿出櫻桃筆記本，用粉紅色的自動鉛筆靈巧地在筆記本上畫下好幾個立方體的透視圖。開始說明。

「立方體裡藏著好幾個圖形。」

「圖形？我只想到『正方形』。」

大山說道。濱村微微一笑，在筆記本上寫下「正方形」。

「這是與其中一面平行切開時的剖面，但如果稍微傾斜地切開，會變成什麼形狀呢？」

「傾斜地切開？」

「例如從這個方向下刀的話……」

從傾斜的角度切開紙上的立方體，想當然耳，剖面不再是正方形。

「是『長方形』。」

我說。濱村寫下「長方形」。

「那這次如果只用菜刀切下一小角呢？」

濱村畫上新的剖面。我這才想起來，原本濱村渚此時此刻應該在上烹飪課。

「會變成『等邊三角形』對吧。如果再繼續傾斜角度的話呢？」

剖面平行地往內移，直到剖面碰到底部。大山梓看得入迷。

「梯形，對吧？」

「對。這是『等腰梯形』。再下一個，假設順著通過這個頂點與對角線頂點的平面切開，剖面的形狀會是？」

「嗯，四邊形……不對，『平行四邊形』？」

「沒錯，梓姊姊好厲害。」

粉紅色自動鉛筆不斷畫出剖面的形狀。誠如大山所說，這次是平行四邊形。

光是這麼短的時間，立方體剖面就產生各種不同的圖形，簡直像施了魔法。

「根據切法，還可以產生『正六角形』吧？」

我佩服得五體投地，瀨島從我背後問道。

「沒錯。只要小心翼翼地從每一邊的中心點同時切過立方體的六個面……」

粉紅色自動鉛筆再度振筆疾書。

怎麼可能！我目不轉睛地盯著她描繪在筆記本上的立方體剖面。筆記本裡出現了完美無缺的「正六角形」剖面。立方體裡確實隱藏著「正六角形」！

數學真美妙。這句畢達哥拉斯博士用「Zeta Tube」講過無數次，卻總是被我左耳進、右耳出的話，在這一刻突然有了意義。

「可是……」

大山打斷我的感動。

「這和魔術方塊有什麼關係？」

「我也不知道。」

濱村渚也莫名所以地側著小腦袋瓜，又變回尋常國中女生的表情。剛

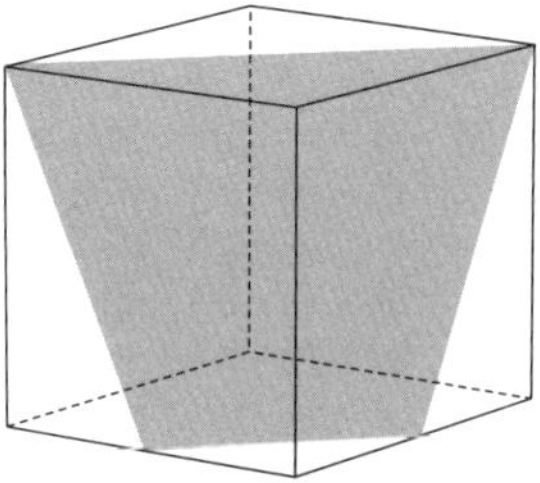

等腰梯形

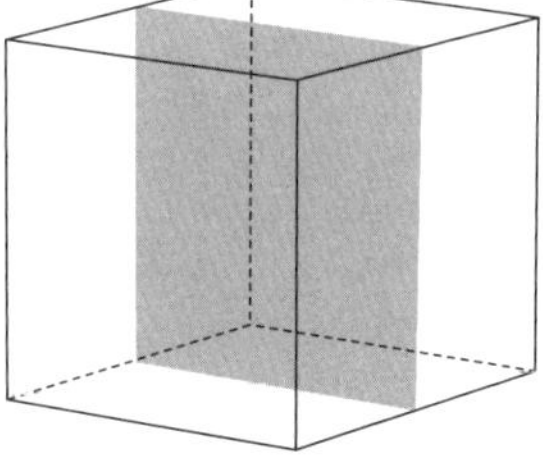

正方形

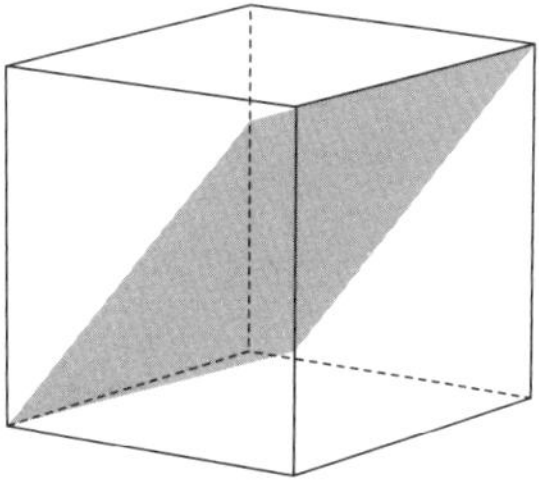

平行四邊形

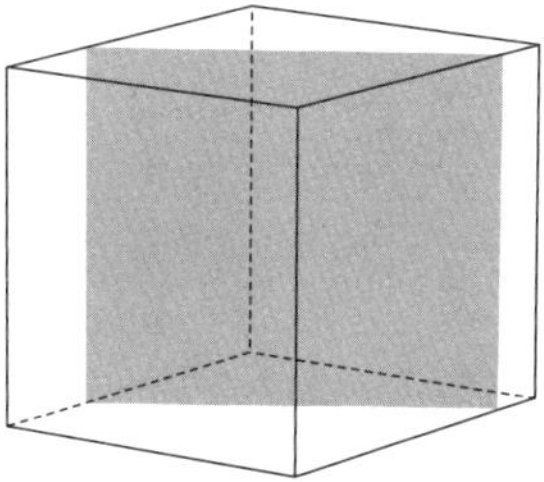

長方形

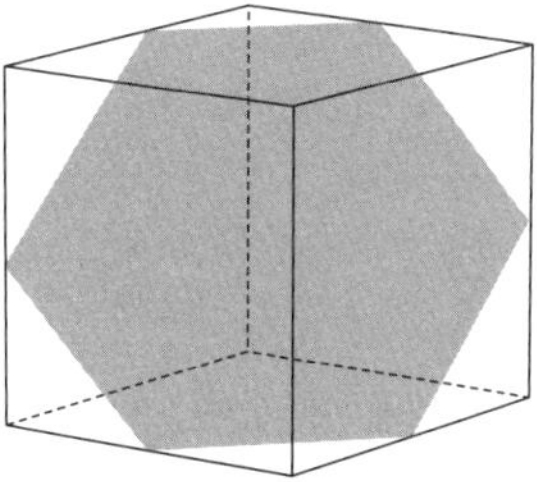

正六角形

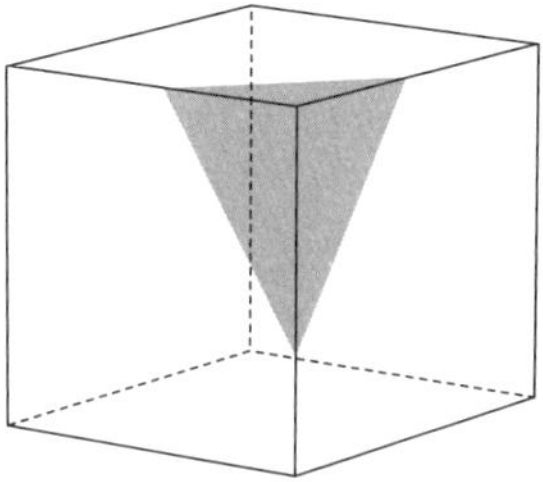

等腰三角形

才滔滔不絕的解說簡直跟騙人的一樣。

無色透明的魔術方塊依舊無色透明。該怎麼表現剖面才好呢？總不會要真的切開吧。

「會不會是那個？」

瀨島指著安裝在我們剛才走進來的門旁邊的撥號盤。

離門口最近的我走過去一看，是燈光的開關。以轉動撥號盤的方式調節光線，目前設定為「ＭＡＸ」。

「武藤，調暗一點來看看。」

瀨島比平常還要高壓的命令口吻令我火冒三丈，但我還是慢慢地轉動撥號盤，房間逐漸變暗。

哦……濱村和大山在我背後驚呼。濱村手中的魔術方塊在昏暗的燈光下發出隱隱約約的光芒。

「怎麼了、怎麼了，怎麼會發光!?」

大山開始像孩子似地大喊大叫。瀨島冷哼一聲，一臉「哼，怎麼樣」

的得意表情。

「是螢光塗料。」

「真不愧是瀨島警官。」

「這種事應該要馬上注意到吧！」

濱村渚對瀨島的自吹自擂不以為意，立刻開始轉動起魔術方塊。透明的魔術方塊裡有著好幾條黃綠色螢光塗料的線條，而她的目的是要讓那些線條變成正六角形。想當然耳，這種事不是我們這些外行人的能力所能及。

「王子，」

濱村凝視著手中的黃綠色螢光，輕聲細語地說。

「這真是個又難又有趣的問題啊。」

又難又有趣——濱村渚剛剛發明的這個形容詞對於熱愛數學的人再適合不過了。我認為這個詞彙充滿了知性。

Σ

喀嗒。

又難又有趣的問題差點難倒我們的數學小公主，但是也只過了十分鐘，黃綠色的正六角形就在她手中散發神聖的光芒。

「完成了！」

或許是成就感使然，濱村渚雀躍不已，從未聽過她這麼大聲嚷嚷。

「真有你的，渚。」

大山眉開眼笑地頂了頂濱村的側腹，濱村怕癢地扭動身體，笑得花枝亂顫。

「別這樣啦，梓姊姊。」

明明才剛解開那麼困難的謎題，嬉鬧的模樣果然還是國中生。

『噠啦噠啦噠啦……』

雖然不知道攝影機藏在哪裡，但魔術方塊王子似乎已經知道我們解開六角形的謎團了。

『恭喜各位。』

我不由得神經緊繃。接下來又想變什麼花樣了？

『那就由我為各位帶路，請來我的房間。』

「帶路？」

剛才還在和大山嬉鬧的濱村突然靜止不動，一臉不可思議的表情。

「這個房間應該在正方形的中央，沒有其他門了。」

沒錯。難道他要我們先從那扇門出去，一圈又一圈地在走廊上後退，再回到玄關那個魔術方塊的房間嗎？

『啊哈！』

魔術方塊王子不知躲在這棟瘋狂房子的哪個角落偷笑。

『你們現在是在立方體的第一層喔。』

「欸？也就是說……」

耳邊傳來「匡噹！」一聲，腳底搖晃起來，整片地板打開傾斜，變成溜滑梯。這麼說來，這棟建築物的外觀就像是埋在泥土裡的魔術方塊，原來還有地下室！

「哇！」「啊！」

失去平衡，上下顛倒。

還來不及擔心不知道會掉到哪裡時，感受到一股柔軟的觸感，我們已著地了。居然還準備了軟綿綿的緩衝墊，真是太細心了。

「痛痛痛痛。」

說是這麼說，其實並不痛。剛才打開的地板又開始嘎啦嘎啦地升回去，不過對於掉到下一層的我們來說，地板已經變成了天花板。

在昏暗的光線下四處張望，大山正甩著頭試圖讓自己清醒，瀨島則一臉不甘心地捶打緩衝墊。

至於濱村渚嘛……正害羞地低著頭，壓住裙襬，一屁股坐在地上。

「濱村同學，你不要緊吧？」

我問她。她立刻揚起臉，動作快到令我嚇了一跳。

「武藤警官……」

濱村渚面紅耳赤，睫毛纖長的雙眸看來似乎盈滿了淚水。怎麼了？

「早知道就在底下穿件短褲了……」

她抓住裙襬的小手未免也太用力了。

我想起來了。突然掉下來的時候，她的裙子大概掀起來了。我當然沒有看到她的裙下風光……但是像這種時候該怎麼安慰她才好呢。

「誰要看你的內褲啊！」

瀨島以不屑一顧的語氣打破沉默。話說得這麼難聽，可能會讓她更傷心吧？

但我的擔心顯然是多餘的，濱村鼓起貼著OK繃的臉頰，撫順用粉紅色髮夾固定住的頭髮。

「你們看那個！」

大山梓發出狀況外的吶喊聲。

她指著約十公尺處的地方，有一張曾見過的床，與佐佐木律師同時下落不明的高野律師就睡在床上。

大山跳下緩衝墊往前走，為了趕跑揮之不去的難為情，我也追了上去，瀨島隨後跟上。這才發現我們身處的這個房間比起剛才的房間要寬敞得多。

高野律師躺著的床在房間的一側，在反方向的牆壁則有扇紅色的門。房間中央有個巨大的物體，幾乎是業務型冰箱兩倍大的物體蓋著塑膠布，除此之外空無一物，有如已廢棄的倉庫，是個很冷清的房間。

高野律師遭到五花大綁。大山蹲下來，試圖解開他身上的繩子，但笨手笨腳地，怎麼也解不開。若說誰的手比較巧……就在我想回頭看濱村渚的同一時間。

唰！唰！

有一堆棒狀物從我們背後的地板穿出。紅色、白色、橘色……棒狀物一路延伸到天花板。綠色、藍色、黃色。幾十根鐵棒漆成魔術方塊的六種顏色，色彩繽紛——是鐵欄杆。我們三個警察跟昏迷的高野律師一起被困住了！

濱村渚終於離開緩衝墊，朝我們跑過來，卻被欄杆阻攔，面露困擾。

「這是什麼！」

瀨島抓住欄杆，用力搖晃。

嘰——！

頓時沉默。

欄杆後面的紅門開啟，燈光照亮陰暗的房間，那個男人終於披著五顏六色的斗篷登場了。

「呦，歡迎各位。」

魔術方塊王子——唐澤武瑠一面用戴著白手套的手將棕色的髮絲撥到耳後，一面走向濱村渚。

「別靠近渚！」

大山怒吼，但他只是舉起戴著白手套的手，要她閉嘴。

「我見識到你的本事了。」

魔術方塊王子站在濱村渚跟前，居高臨下地盯著她看了好一會兒。濱村渚戰戰兢兢地抬頭看他，左手撥弄劉海。

魔術方塊王子緩緩彎下腰，抱住濱村渚。

「你、你想做什麼？」

濱村在王子懷裡驚聲尖叫。我們也不知道他想做什麼。

「真是了不起的才能。」

「謝……謝謝。」

濱村總之先道了個謝。

魔術方塊王子放開她，在她跟前跪了下來，一舉一動都很戲劇化，充滿自戀的味道。

「請你務必成為我們黑色三角板的一員。」

他說什麼？

……我想起瀨島曾經說過：「千萬要小心別讓濱村渚成為黑色三角板的一員。」當時大山和我都一笑置之，但或許黑色三角板已經打聽到濱村渚的存在，開始認真思考這個可能性了。

說是魔術方塊王子對警方下的戰書也不為過的一連串謎題，難道是為了試探她的能力嗎？

萬一濱村渚拒絕他的要求會有什麼下場？我們都被關在籠子裡，束手無策。

「不要。」

我還在想辦法，濱村渚已經對著這個怪里怪氣的男人說出了預料中的答案。

「為什麼？」

王子的表情蒙上一層陰影。

「我不想幫你們殺人。」

「殺人？」

王子目露凶光。

「我們只是排除並簡化礙事的東西，換句話說，是所謂的微分喔。為了追求數學的調和之美，經常需要這種作業。」

這傢伙果然不正常。黑色三角板的恐怖分子清一色都是這種人。

濱村渚似乎不曉得該說什麼才好，緊抿著雙唇，睫毛纖長的雙眼直直盯著魔術方塊王子的臉。

「還是說，你打算幫助那群笨蛋，破壞我們的好事？」
「我只是想好好地喜歡數學。」
這是她對數學的真摯心意。魔術方塊王子對這個國中女生的答案嗤之以鼻。
「雖然很遺憾，但這也是沒辦法的事……來人！」
砰地一聲，紅色的門這次被猛地推開。
一群眼神渙散的男人傾巢而出，肯定是遭到催眠術操控。濱村渚想要逃跑，他們粗魯地抓住她的手，架住她。
「放開我！」
濱村渚蹬著雙腳，拚命掙扎。
「放開她！」
我忍不住大喊。對國中生這麼粗魯，簡直亂來。
「吵死人了，你這個蠢才。」
魔術方塊王子頭也不回，冷酷地說。

「反正你們都得死在這裡。在那之前，就讓你們看看她是怎麼死的。那會是最適合擅長數學的她——終極的死法！」

啪！覆蓋在房間正中央物體上的塑膠布被一把掀開。

露出的是兩個前所未見的奇妙處刑台。

$\sqrt{25}$ 五顏六色的處刑台

卡嚓。喀嗒。

當六個面的顏色在魔術方塊王子手中統一時，地板打開，尾端綁成一個圈的繩索從五顏六色的處刑台垂下，在打開的地板正上方搖晃著。要是脖子被繩圈套住，當腳下一空，整個人被吊起來……肯定會落得跟佐佐木律師相同的下場。

魔術方塊王子將解開的魔術方塊放在腳邊，拿出另一個魔術方塊，再次卡嚓卡嚓地轉起來。

「這是我發明的魔術方塊連動型處刑台。」

被架住的濱村渚專心聽著他洋洋得意的說明。

「與處刑台連動的魔術方塊轉到六個面的顏色都一樣時，地板就會打開。」

卡嚓。喀嗒。第二個處刑台的地板應聲打開。

他的意思是要在這裡處決濱村渚嗎……既然如此，為何需要兩個處刑台？

「我要和你展開蒙眼轉魔術方塊的對決。」

「蒙眼……嗎？」

濱村迷濛的雙眼流露出不安的神色。

「沒錯。我們都要蒙上雙眼，用繩圈套住脖子，挑戰與對方的處刑台連動的魔術方塊。萬一對方先解開……啊哈！知道會有什麼下場吧？這是賭上性命的魔術方塊對決。」

豈有此理……原來佐佐木律師是在蒙著眼睛的狀態下，死於恐懼之中。這個卑鄙的恐怖分子只挑對自己有利的比賽，而這次則打算用同樣的方式殺害濱村渚。

「如何？現在我還可以饒你一命喔，只要你願意幫助我們。」

「由誰轉亂魔術方塊的顏色？」

濱村對王子的挖角充耳不聞，提出問題。

「啊哈！彼此互相轉亂對方的魔術方塊。」

「也就是說，自己負責轉亂與自己腳下的地板連動的魔術方塊嗎？」

王子側著頭，想了一下。

「嗯。」

「好。」

濱村渚說道，臉上的表情還是很不安。

「別聽他的，渚！」

大山叫道，但濱村和王子都已經聽不進去了，儼然進入只有兩人的世界。

「啊哈！」王子邊笑邊轉動兩個魔術方塊，打開的地板又恢復原狀。

「你好像有點瞧不起我的實力。」

「沒有，我只是在計算。」

「計算什麼？」

王子臉色大變。濱村渚這句話是什麼意思？感覺跟數學有關。

「第一個是六十八次，第二個是五十四次。但應該不用轉那麼多次，就能讓六個面的顏色一致才對。」

她口中的「次數」似乎是指「轉動魔術方塊的次數」。

濱村渚的語氣與平常無異，完全沒有要挑釁對方的意思。但是聽在曾經在全日本魔術方塊大賽三連勝的人耳中，顯然還是有點挑釁的味道。

「你可挺囂張的啊？」

「以下是我的直覺，無論顏色的配置一開始處於什麼狀態，對齊六個面顏色所需要的次數可以比二十五次少，大概是二十一或二十次。」

真的嗎？想不到只要轉這麼少次就能解開魔術方塊。一旦她開始提起數學，就沒有我們這群數學白痴插嘴的份了。我與瀨島、大山只能閉上嘴巴，靜觀其變。

「欸——！欸——！是這樣的嗎！」

剛才的冷靜沉著早已不見蹤影，魔術方塊王子誇張地猛揮手。

恐怕他滿腦子只想著要快點對齊六面的顏色，從未想過「解開魔術方塊最少的次數」這種數學上的問題吧。這個事實不僅傷害了他的自尊，也讓他驚慌失措地大聲嚷嚷。

「那就讓我見識一下你的本事吧！到時候就算是哭著求我饒命，也來不及了！」

氣昏頭的魔術方塊王子用戴著白手套的手打了個暗號，兩個目光渙散的男人便把濱村渚拖上處刑台，將繩圈套在她的脖子上，並用五顏六色的手銬銬住她的雙手。

「我要讓你瞧瞧侮辱我會有多麼可怕的下場。」

魔術方塊王子走向一旁的處刑台，自己把頭套進繩圈裡，為自己銬上手銬。

「再來請轉亂魔術方塊。」

目光渙散的二人組把魔術方塊放進濱村和王子手中。

彼此背對背，卡嚓卡嚓地開始轉動與自己腳下地板連動的魔術方塊。

被關在鐵籠裡的我們看不見他們的動作。

卡嚓卡嚓卡嚓……在過度空曠的空間裡，只有兩個熱愛數學的人轉動魔術方塊的聲音。濱村渚是否已經計算出最不容易解開的顏色配置？

沒多久，聲音安靜下來，兩人一言不發地用銬上手銬的手交換魔術方塊。

兩人旋轉手中的魔術方塊，檢查顏色的配置。他們的大腦肯定已經描繪出該如何讓六個面的顏色一致了。

「可以開始了嗎？」

魔術方塊王子一臉從容地問，濱村渚點頭。

「你們給我聽好了！」

王子瞪了目光渙散的兩個嘍囉一眼。

「在分出勝負以前，絕對不能出手──我一定會幹掉這個乳臭未乾的小鬼。」

嘍囉們點頭稱是，為他們蒙上雙眼。兩人脖子套著繩圈，手裡拿著魔術方塊，腳下是不知道什麼時候會打開的地板。

「那就開始吧。」

咕嘟。大山梓在我身邊大聲地吞了口口水。終於要開始了。不管是誰，無法解開魔術方塊的那個人必死無疑。

「預備，起！」

王子一聲令下，兩人手中的魔術方塊開始卡嚓卡嚓卡嚓地轉動起來。兩人的速度都很快，動作快到我們這些數學白痴的眼睛根本追不上。他們的腦子究竟是什麼構造……

然而，相較於王子行雲流水的動作，濱村渚的動作有些卡卡的。仔細想想，這也難怪。畢竟她幾乎是二十四小時前才生平第一次接觸魔術方塊，但對方可是用魔術方塊稱霸日本的人，這根本不是一場勢均力敵的比賽。

卡嚓、卡嚓……濱村渚的動作逐漸慢下來。不妙。

相較之下，魔術方塊王子的嘴邊浮現一抹微笑，他腦中似乎已明顯地描繪出撥齊六面顏色的步驟。

……也就是說……

「啊哈哈哈哈！」

魔術方塊王子發出尖銳的笑聲，突然停住不動。

他手中的魔術方塊……就連我們這些外行人看了也知道。只要再把藍藍藍的部分轉動九十度，六個面的顏色就各自統一了！

「講什麼只要轉二十下就能解開只是虛張聲勢嗎？」

這是已經確定勝利在望的口吻。

「好，準備受死吧，用毫無根據的理論侮辱我的囂張小鬼！」

啊，到此為止了！

「渚！」
大山忍不住放聲大喊。
魔術方塊王子蒙著眼睛，露出冷笑，轉動最後的九十度。
喀嗒。
……
卡嚓、卡嚓……濱村渚繼續用卡卡的動作轉動魔術方塊，腳下的地板沒有動靜。
「咦？」
魔術方塊王子發出高八度的驚呼。
「難道是我弄錯了？」
不，他沒有弄錯。
他手中的魔術方塊確實六面的顏色都各自統一了。這到底是怎麼回事？
「我很期待，王子。」
過度空曠的房間籠罩在莫名其妙的氣氛裡，濱村渚開口。

「期待什麼？」

「我昨天第一次玩魔術方塊的時候，發現一個問題。」

喀嗒。濱村渚停手。

「可以換掉幾格顏色的問題。」

她的嘴角在蒙眼布下微微上揚。那是喜歡數學喜歡得不得了時忍不住露出的微笑。

「你說什麼？」

「只要隨機換掉n個地方的顏色，六個面的顏色就不見得能一致了。例如把頂點那一格的貼紙和其他格的貼紙對調，那個魔術方塊就絕對無法解開了，不是嗎？」

一提到數學的事，她真的可以講上三天三夜，而且所有人都會聽得入迷。

「那麼，到底有幾種方法是換掉貼紙還能讓六個面的顏色一致呢？例如現在王子手中的那個魔術方塊。」

魔術方塊王子似乎也意識到什麼，驚詫地張大嘴巴。

「你該不會……？」

「沒錯……我趁剛才轉亂魔術方塊的時候換了幾個地方的貼紙。」

她說什麼？

濱村渚的臉上還貼著幾個小時前才重新貼過的OK繃。我回想她當時的動作。只見她靈巧地撕下舊的OK繃，幾乎是分毫不差地將新的OK繃貼在原來的地方，說是完美地掌握了自己臉上的座標也不為過。

敢情她以相同的要領調換了魔術方塊的貼紙！身手太過靈巧，就連王子也沒注意到。而我們再笨也知道，貼紙一旦被換過，即使能對齊六個面的顏色，也跟原本設定好的狀態完全不一樣！

「只要王子的本事是真的，我腳下的地板就絕對不會打開。」

「開、開什麼玩笑，重來重來！鬆開繩圈！打開手銬！」

魔術方塊王子扯著嗓門命令嘍囉，但他們毫無反應。

「他們不會照辦的。」

濱村邊說邊卡嚓、卡嚓地轉動魔術方塊。

「因為『分出勝負以前，絕對不能出手』是王子自己說的不是嗎。」

「……………」

「所謂的『分出勝負』不是我先解開魔術方塊，就是王子自己投降。」

有道理。因為那些嘍囉是被黑色三角板發明的裝置催眠。

「嘻嘻！」看到如此荒謬的狀態，我身旁的瀨島壞心眼地笑起來。對照之下，王子的臉上開始冒出大量的汗水。卡嚓、卡嚓……濱村渚手中顏色漸趨一致的魔術方塊轉動聲聽在他耳中，無疑是刺耳的死刑宣告。

「你、你太卑鄙了！」

魔術方塊王子以幾乎要哭出來的聲音吶喊。

「沒想到你會說我卑鄙，我明明希望你跟我一起思考。」

「你說什麼？」

這個國中女生又說了匪夷所思的話，停下轉動魔術方塊的手。

「我走在這棟建築物裡，覺得非常感動，希望能和喜歡魔術方塊的王子一起思考這個問題，所以，我有個請求。」

濱村渚蒙著眼，面向王子。

「可以請你投降嗎？」

她的語氣沒有任何挑釁的意味，彷彿要用數學的溫柔包容想殺死自己的人。

「我不希望王子死掉。」

這才是這個國中女生最大的威力。數學不是自相殘殺的工具，而是上天賜給熱愛真理之人的共同財產。數學能力不是為了勝過別人，而是用來互相尊敬。這是雙眼皮的濱村渚那雙迷濛大眼藏在蒙眼布下的控訴。但凡熱愛數學的人，沒有人能不被這番話打動吧。

魔術方塊王子稍微天人交戰了好一會兒，終於嘆息似地說：

「……好吧。」

濱村渚的控訴似乎也打動了他的心。

「是我輸了，你們可以打開籠子了。」

在他的命令下，嘍囉們消失在紅門後面，沒多久，關住我們的鐵欄杆就咻地一聲收起來。我和瀨島一人一邊，制住魔術方塊王子，解開他脖子上的繩圈，他頹然無力地跪坐在地上，滿頭大汗，拿掉蒙眼布的雙眼通紅，還泛著淚光。

「王子，這個還給你。」

被大山救下的濱村遞出手中的魔術方塊。我們看到那個魔術方塊，無不大吃一驚……因為就連一面的顏色都還沒對齊。

「怎麼可能蒙著眼睛解開這玩意兒嘛。」

濱村渚笑著說，整理被蒙眼布弄亂的髮絲。

Σ

「高木源一郎在哪裡？」

瀨島在偵訊室裡逼問坐在桌子對面的魔術方塊王子，我和大山則隔著雙面鏡觀察他們的攻防。

「14、15、16……」

魔術方塊王子卻一臉呆滯的表情，雙手擺出詭異的姿勢，不知在計算什麼。

「喂！」

瀨島用力拍桌，發出「砰！」的巨響，這讓王子嚇了一跳，停下雙手的動作，看著瀨島的臉，聳聳肩。

「我沒見過畢達哥拉斯博士。」

又來了。這個組織真正動手的人多半都只是受到指示，不曾直接見過畢達哥拉斯博士，這也是難以追查到這個恐怖組織源頭的原因之一。說不定背後有個以數學精密規畫的組織系統。

「是誰指使你的？」

「Cutie Euler。」

好陌生的名字。不過倒是聽過「Euler」這個單字。印象中濱村渚好像提到過，大概是數學家的名字。

「她的話，應該知道畢達哥拉斯博士的藏身地，因為博士很信賴她。」

「她是女的？」

瀨島皺眉。我也感到意外。

「嗯。非常聰明，十七歲就考上研究所，從事戴爾猜想的研究……啊哈！讀文科的大概聽不懂吧。」

那種瞧不起人的態度正逐漸故態復萌。

「那傢伙現在人在哪裡？」

「我哪知道。從我綁架律師那天起，就再也聯絡不上她了。或許是故意與我斷絕聯絡，以免我被捕的時候供出她躲在哪裡。」

魔術方塊王子自嘲地莞爾一笑，笑容裡不見半點的寂寥。

「要抓到她的難度就跟一次走完普瑞格爾河（註：有名的「七橋問題」，答案是無解）一樣高喔。」

「什麼意思？」

「沒什麼意思……喂，比起這些事，你們把她給我的魔術方塊藏到哪裡去了？」

顯然「她」指的是濱村渚。濱村渚本人已經回到千葉的家了。

「快點還給我啦，我對這方面的問題還比較感興趣。」

魔術方塊王子說道，仰望天花板。

「我好想知道真的可以在二十次以內轉齊六個面的花色嗎……哎呀，我其實……也好喜歡數學的啊……」

這次，魔術方塊王子露出真的有些寂寥的笑容。

「……相信我。」

啊哈、啊哈……乾澀的笑聲迴盪在偵訊室裡。雖然這個靠不住的恐怖分子離組織中心遠得很的事實令我們心力交瘁，不過仍舊從他口中打聽到重要的情報。

Cutie Euler。比起高木源一郎，或許可以先調查她的下落。

log100.

『美麗的類小姐』

5^0 榆小路集團

透過投稿到免費影音平台「Zeta Tube」的犯罪聲明，世人才得知東京都昔野市的教育委員會大樓被投放炸彈一事，原來又是數學恐怖組織——黑色三角板幹的好事。

「好久不見了，各位。」

畢達哥拉斯博士。本名高木源一郎，曾是對日本數學教育做出許多貢獻的數學家。

「各位知道發生在昔野市的教育委員會大樓爆炸案吧？那是由黑色三角板的下游組織『Becky Hat』幹的。」

年過六十的臉上長滿皺紋，戴著細框的太陽眼鏡，冷酷微笑。

「昔野市從以前就致力於推廣無聊的藝術教育，是排除數學運動的急先鋒。美術史？話劇？……在義務教育裡填滿那些東西是想做什麼？沒有數學的藝術只是小孩扮家家酒。這個國家的孩子需要的教育只有數學，其他都不重要。」

畢達哥拉斯博士再次重申黑色三角板的信條。

「我們的下游組織『Becky Hat』除了昔野市以外，也同時鎖定了東京西區的教育委員會。如果希望我們停止破壞活動，就重新制訂教育方針。Have a nice math.」

上傳的影片到這裡結束。

Σ

我與本部長在本部待命，眼前是遺留在爆炸現場的主機板碎片，約莫手掌大，纏滿了細細的管線。另一方面，在我們的身旁，鑑識課23班的老大尾財拓彌正搔著脖子說道。

「……以上是23班阿綾的說明。阿綾對電路很在行，應該不會錯。」

他從剛才就很認真地為我們說明一種叫做「龍牙膏」的陶瓷素材。這塊主機板有一部分使用了這種素材，具有輕微的導電性，特徵是能夠隨心所欲地改變導電率，最適合用來製作通電型的炸彈。

「事實上，這玩意兒的來源也很特殊。」

尾財放下搔著脖子的手，盯著我和本部長。滿是抓痕的脖子看來紅通通。

「此話怎講？」

「今年才在上海開發，日本應該還買不到。」

「也就是說，兇手是中國人嗎？」

竹內本部長露出「這下子事情大條了」的表情，尾財搖搖頭。

「據阿綾所說，中國人應該不會特地對日本的數學教育指手畫腳。」

「那到底是？」

「日本只有兩家進口這種材料的公司，其中一家是宮部興業。」

宮部興業——一天到晚官司纏身的可疑企業，最近還被指出與指定暴力團（註：日本政府依暴力團對策法特別鎖定的黑道組織）「蛇莓組」夾纏不清，與恐怖組織扯上關係的可能性相當高。

「宮部興業啊。」

竹內本部長似乎和我想到一塊兒去了。

「好，聯絡人在現場的大山和瀨島，讓他們過去採採。武藤，等你完成手邊的工作也過去支援。」

「是。」

「那個，可以打擾一下嗎？」

尾財舉起一隻手，打斷我們的對話。

「什麼事？」

「這次也會請小渚支援嗎？」

他指的是濱村渚。尾財見過她好幾次，連綽號都幫她取上了。

「嗯，有必要的話。」

竹內本部長說得理所當然。牽涉到黑色三角板的案件，基本上沒有「不需要」濱村渚出馬的情況。以數學用語來說，她可以說是「必要條件」吧？

「最好別找她來，這次真的太過凶險。」

尾財正經八百地說，開始撓抓臉頰。他是乾性皮膚嗎？

「宮部興業的背後有蛇莓組撐腰。」

有道理，的確不想讓國中生捲入這麼危險的組織參與的事件。就算她也不是等閒之輩，但是在與數學無關的世界裡，她就只是個手無縛雞之力的平凡國中女生。

「再說了，雖然還未經證實，最近不是傳聞蛇莓組與某個軍事獨裁國家牽扯上了。雖然我也不是很確定，但聽說有疑似情報員的人員在他們位於福井的大樓出入。」

在上海開發的新素材、與某軍事獨裁國家扯上關係的組織……規模擴大到整個亞洲了。愈聽愈覺得不能讓國中生涉入其中。

但是話又說回來，這個情報量是怎麼回事，遠遠超出鑑識的工作範圍。

「你怎麼知道這些事？」

被我一問，尾財「嘿嘿！」地笑著打馬虎眼，食指抵在鼻子底下，壓低聲線。

「不可以告訴別人喔。剛才提到我們家阿綾，她的男朋友是公安部情報整理課的人。」

原來如此。

為了維護治安，社會上各個角落都有公安部的眼線，可以說是警視廳的情報中樞。平常躲在檯面下的世界，不輕易現身，難怪能掌握到誰都掌握不到的黑色三角板情報。與我們這些負責辦案的警察完全不同，是個神祕又陰陽怪氣的單位。

能從那個單位的人口中輕易套出機密情報，阿綾……鑑識課23班果然人才濟濟。

「可以告訴我阿綾的全名嗎？」

竹內本部長苦笑著問道。

「她叫瀨戶口綾菜。」

「瀨戶口……綾菜。我記住了。」

看樣子，本部長也認為她是可用之才。

「話說回來，」

言歸正傳，我面向尾財，問了一個令我耿耿於懷的問題

「另一家進口龍牙膏的企業是？」

「哦，另一家公司則完全不可疑喔。」

尾財用右手使勁地抓著下巴回答。

「是榆小路集團。」

這是我聽到將成為本案關鍵的企業名稱的瞬間。

Σ

那家公司的總部位在郊外，周圍都是森林。建築物的外觀走穩重路線，與其說是公司，更像是民宿。明明是在新宿坐擁高樓大廈也不奇怪的大公司，居然以這麼別緻的建築物作為企業總部，真是意外。

我被帶到鋪著地毯，天花板挑高的西式房間，依舊不像是公司的房間。偌大的窗台往外推，裝飾著白色蕾絲窗簾，雪白的花瓶裡插著五顏六色的鮮花，牆上掛著油畫，畫裡是某個外國港都的風景。

坐在皮沙發上等會長——瀨島與大山去調查宮部興業，所以先由我單槍匹馬來拜訪這家比較不可疑的公司。

「打擾了。」

推開門走進來的女子，外貌完全跟會長這個稱號兜不起來。

如瀑布般雍容華貴的黑長髮與白皙的肌膚。穿著落落大方的淺色洋裝，戴著長度到手肘的手套，婀娜多姿地走來的女子，完全是個千金大小姐，大家閨秀這種形容詞根本是為她發明的。跟在她身後，一位穿著燕尾服，看起來活脫脫就是執事的人物，更加強了這種印象。

「不好意思，讓您久等了。」

來人有如蜻蜓點水般地在我面前坐下，優雅地脫下手套。

榆小路類。三年前父親遽逝後，由她繼承家業，當上榆小路集團會長，是個年僅二十五歲的美麗女強人。

「我是警視廳的武藤龍之介。」

「久仰大名。」

身穿燕尾服的執事走向掛著風景畫的另一邊，在沒有任何裝飾的牆壁上按下某個開關。木頭牆壁發出細微的電子聲移動起來，裡頭有套烏黑發亮的音響組合。

「請不要介意。」

她對著啞然失語的我嫣然一笑，雪白的肌膚有如小白花。耳邊傳來優雅的古典樂，隨即盈滿寬敞的空間。

「喝紅茶可以嗎？」

「咦？……哦，可以。」

不習慣的氣氛害我忘了客套。

執事畢恭畢敬地行了一禮，走出房間。千金大小姐的日常生活果然跟傳說中的一樣。

「您不喜歡約翰．史特勞斯嗎？」

見我始終沉默不語，她深怕失了禮數地問我。

「什麼？」

「這首曲子。」

我才不在乎什麼曲子，只覺得這趟果然是白來了。

「不。呃……我今天是來請教關於發生在昔野市的教育委員會大樓爆炸案。」

「是噢。」

榆小路用手掩住唇瓣，一舉一動果然都異於常人。

「兇手是黑色三角板嗎？」

「是的。」

與搭配下午茶般的古典樂完全不合的話題，讓我無法維持平常心。

「那還真是辛苦的工作啊。問題是，這件事與敝公司有何關聯？」

「其實是……」

我盡可能用外行人也聽得懂的說法解釋了在上海開發的龍牙膏這種陶瓷被用來製造炸彈，而該公司名列在進口到日本的名單上。說明的過程中，執事端著裝有紅茶的茶壺與溫得恰到好處的茶杯進來，害我更加過意不去。

「我當然知道龍牙膏。」

榆小路的表情絲毫未變。

「耐熱性佳，還具有導電性，卻是陶瓷史上最輕的材質，來自於陶瓷器歷史悠久的中國。」

「你們進口龍牙膏，到底是用來做什麼的呢？」

原本優雅的有問必答，至此戛然而止。

「武藤警官，這是我們的企業機密，可以讓我保密嗎？」

我在企業家面前不知所措。

「我只能以董事長的身分向您保證，不是用來製造炸彈。」

「我明白了。」

聽到我的回答，榆小路類看似放心地放鬆了臉上的表情。毫無破綻。

我雖也認為她應該沒有和黑色三角板掛勾，但是又多了一樁心事。這種毫無破綻的態度與熱愛數學的態度很類似——也說不定。

「這個問題可能有點唐突。」

我的嘴巴不聽使喚地自說自話。

「請問你，4÷0是多少？」

我選了一個莫名其妙的問題。但是除了這個問題以外，我想不到要怎麼判斷眼前的千金大小姐喜不喜歡數學。

「您說什麼？」

果不其然，她愣了一下，眉間產生了與雪白肌膚極不相襯的皺褶。

「4÷0。也可以憑直覺回答。」

她稍微思考了一下，似乎想起我是負責數學恐攻事件的警察，溫柔地笑了。

「4÷0嗎？」

她拿起茶杯，喝了一口紅茶，然後輕輕地放下茶杯。

「是0嗎？」

錯了。以前因為某個案子，濱村渚向我說明之後，我才知道不可以「除以0」。數學恐怖分子不可能這樣回答，她是清白的。

「錯了嗎？」

她看穿我的表情，不安地問道。

我條件反射地認為必須告訴她0這個數字的特殊性才行。認為既然身為認識濱村渚的人，就有義務讓對方知道數學的秩序有多重要。

我模仿濱村渚當時告訴我們的方式向她說明「不能除以0的原因」。

「……好像是這樣，您明白了嗎？」

我說明到一段落，榆小路類盯著冷卻的紅茶表面，表情認真地思考了好一會兒，然後把視線移到我的臉上，莞爾一笑。

「我從學生時代就很討厭數學。」

「我也是。」

「可是，剛才關於0的話題很有趣，暫時忘不了了。」

這時她突然提出一個意外的要求。
「武藤警官，可以請您聽我拉小提琴嗎？」
「小提琴？」
「我打算在這次的股東大會上表演，希望在那之前先讓別人聽一下。」
沒理由拒絕。但她為何突出此言？我煩惱起聽完後要發表什麼感想。
我只能應表演者要求，獨自欣賞她的小提琴演奏。
想當然耳，她的演奏技巧十分高超，連我這種外行人都聽得心醉神迷。
看著她優雅地拉出美妙的旋律，不知道為什麼，我相信我一定會再來拜訪這家公司。

$4^{\frac{1}{2}}$ 秀吉的數學

「織田信長在本能寺遇害後，是哪個武將完成了統一天下的霸業？」

瀨島看著教科書提問，濱村渚面有難色地苦著一張臉，左手撥弄劉海。至於那枝粉紅色自動鉛筆，就像是對數學以外的問題完全派不上用場一般，插在西裝外套前的口袋裡置身事外。

「武將是什麼意思？」

沒想到會被反問這種問題，瀨島彷彿看到白痴似地仰天長嘆。

「你不要緊吧？」

「人家不擅長社會課嘛，尤其是歷史。」

「再怎麼不擅長，照這樣下去，你會考零分。」

濱村「欸嘿嘿」地傻笑。

「答案是豐臣秀吉。」

「啊！」

濱村反應過來。還好，至少還知道秀吉的名字。可是她的下一句話完全辜負了我們的期待。

「是用『綁樹法』計算山裡有幾棵樹的人，一開始這麼說不就好了嗎。」

「啥？」

她微微一笑，打開放在膝蓋上的櫻桃筆記本。我不禁與瀨島面面相覷，現在明明是在複習歷史……一旦進入這個局面，就沒有我們插嘴的份了。

「有一天，秀吉先生侍奉的大人要他計算山裡長了幾棵樹。可以請別人幫忙，但是要正確地計算出來。」

她口中的「大人」大概是織田信長吧。

「如果是武藤警官，會怎麼計算？」

她還是老樣子，突然要我回答。我開始思考。

一整座山的樹，數量非同小可。而且萬一不小心，可能會重複計算已經數過的樹木。

「邊數邊在樹幹上做記號吧。」

「為了不重複計算嗎？可是這樣沒有留下正確計算的證據，不會感到不安嗎？」

嗯……或許會。那要怎麼做才能有效率又正確地計算出來呢？

感覺得出來，一旁的瀨島開始不耐煩。濱村眉開眼笑地說：

「首先，秀吉先生準備很多條繩子，而且是不同顏色的繩子，一千條紅色、一千條藍色、一千條黃色、一千條綠色，總共四千條。」

濱村拿起粉紅色自動鉛筆，在筆記本上寫下繩子的顏色和數量。瀨島眉頭深鎖地盯著看。歷史教科書早已被闔上，丟到一邊去了。

「然後請許多人幫忙，為每棵樹綁上一條繩子，這麼一來就不會重複數到同一棵樹了。」

「這樣不是反而更麻煩嗎。」

我也有同感，為何要大費周章地為整座山的樹綁上繩子呢？

「一點也不麻煩喔，一棵一棵數還比較麻煩。」

「可是最後還不是得全部解開，再數一遍嗎？」

只見濱村滿臉笑意地搖搖頭。

「不用，只要計算沒用到的繩子就行了。」

「什麼？」

「聽好嘍，先為整座山的樹都綁上繩子，再計算手邊剩下的繩子數量。假設紅色、藍色、黃色的繩子全部用完了，只剩下綠色……假設剩下『兩百八十四條』好了。」

她在筆記本上寫下『284』。

「山上一共有幾棵樹？」

「啊！」

瀨島意會過來，一掌拍在自己的額頭上。我也明白了。

一共有四千條繩子，剩下兩百八十四條，也就是說……

『4000 − 284 = 3716』

「如何？比起老老實實地數三千七百十六棵樹，這個方法更快、也更正確。不過一般人不會想到用減法來求出總數，所以秀吉先生肯定非常喜歡數學。」

我聽得目瞪口呆。大概也只有濱村渚對於一統天下、無人不知的豐臣秀吉，會給予「非常喜歡數學」這般評價的日本人。

「可是啊，這位秀吉先生出人頭地以後，卻被數學比他更厲害的人擺了一道喔。」

濱村依舊滔滔不絕。扣掉講的內容是數學以外，她的樣子跟普通的國中女生根本一模一樣。

「那個人叫做曾呂利新左衛門先生……」

「車子準備好了。」

大山梓及時出現，打斷濱村的話。

這天，我們要去見榆小路類。

瀨島與大山負責調查宮部興業，但是毫無收穫。對方大方表示使用了龍牙膏，還爽快地讓他們看了使用狀況和帳簿，並無任何不妥之處，只是偶然發現龍牙膏這種可以大量生產便宜陶器的材料。

這麼一來反而是榆小路集團比較可疑。實際使用龍牙膏的是名為峰岸材料行的關係企業，總公司與附設工廠都在大田區。

我向本部長報告過，那位大小姐與黑色三角板的形象怎麼都兜不起來，但本部長不以為然，表示像榆小路集團那麼大的公司，旗下有關係企業從事地下活動也不足為奇。

這次的調查並未取得搜索票，所以也沒有強制性，只能請對方協助調查。我告知榆小路類這件事，她希望我能說明得再詳細一點，於是我們約在東京都內的騎馬中心。

就在這個時候，學校放假的濱村渚突然出現在對策本部。

「快要考試了，待在家裡的話，媽媽會一直要我念書。」

濱村渚以左手撥弄劉海，劈頭第一句話就開始發牢騷。

「人家正打算開始用功的時候，如果旁邊一直有人在碎碎念，反而會更不想念書不是嗎？」

「有哪個國中生會為了逃避考試躲來警視廳啊。」

瀨島傻眼至極，語氣厭煩地說道。

「陪我準備一下歷史嘛。」

告訴濱村我們正忙著調查峰岸材料行時，她說「我也去。」結果就帶上她了。不同於宮部興業，不用擔心榆小路集團與黑道勾結。就算掛勾，也是與數學恐怖分子的下游組織「Becky Hat」掛勾，有她在反而比較放心。

Σ

「濱村同學，數學可以帶來商機嗎？」

榆小路類問道，喝了一口檸檬汽水。我和濱村坐在她對面。

「商機……？」

不習慣的排場令濱村渚坐立不安，眨了好幾下眼睛，往肩上的書包東翻西找，拿出櫻桃筆記本。

我們從相約見面的騎馬中心前往峰岸材料行總公司，類會長對濱村渚可愛的模樣一見傾心，讓我們也坐上她的加長型禮車。大山和瀨島開著警車跟在後面。

「我不太明白你的意思。」

「是嘛。」

「我對社會很不拿手。怎麼說呢……教社會的老師很討人厭。」

濱村並未打開膝蓋上的筆記本，難為情地笑著說。再這樣下去，她可能又要開始抱怨社會課的老師了。類會長察覺到這一點，露出柔和的笑容。

「不好意思啊，那我換個方式問好了，數學可以變成錢嗎？」

「錢……」

濱村渚不知從哪裡取出紅色螢光筆。

「我想過這個問題喔。要是發明『九九乘法表』的人申請了專利，世人每次使用到九九乘法的時候都要付專利費給那個人。因為日常生活中一定會用到九九乘法嘛，於是取得專利者的戶頭每年都能收到龐大的專利費呢。」

真不愧是實業家，想的就是跟一般人不一樣。類會長又喝了一口檸檬汽水，盯著濱村渚看。

「或許這個假設過於極端，但是就沒有什麼公式或計算方法取得專利嗎？」

濱村渚側著腦袋瓜，打開筆記本，用螢光筆在空白頁的角落畫了一輛汽車。

「我也不清楚……」

長長睫毛下的眼神有些徬徨。她又看了實業家一眼，打開櫻桃小口說：

「可是確實有人用數學賺了很多錢。」

「哦？」

「那個人是曾呂利新左衛門先生。」

在對策本部被大山梓打斷的數學故事，到了這裡居然又捲土重來。曾呂利新左衛門。他到底做了什麼？

「他是秀吉先生那個時代的人。」

「你是指豐臣秀吉嗎？」

類會長頗感興趣地嫣然一笑。

「是的。有一天，曾呂利新左衛門先生吟了一首很好笑的狂歌（註：以

五、七、五、七、七的音節構成的詼諧式和歌，內容通常爲諷刺社會現象），秀吉先生很高興，還說：『你想要什麼都可以給你。』」

「這句話太危險了。」

實業家的雙眼閃過一道精光。果然毫無破綻。

「結果他要求什麼？」

「他要求第一天給他一文錢、第二天給他兩文錢、第三天給他四文錢……以此類推，每天給他比前一天多一倍的錢，連續三十天。」

濱村渚穿越數百年的時空，說出曾呂利新左衛門當時的要求後，閉上嘴，以迷濛的雙眼窺探榆小路類的反應。

「真是個無欲無求的人啊。」

類會長沉默了半晌之後，形狀姣好的唇瓣吐出有教養的答案。我也有同感。

「秀吉先生也說了同樣的話。」濱村渚將裝有柳橙汁的玻璃杯湊到嘴邊，滿意地微笑。「可是結果出乎所有人的預料。」

粉紅色自動鉛筆終於派上用場，唰唰唰地寫起字來。

「第四天是八文錢、第五天是十六文錢、第六天是三十二文錢……」

筆記本上的金額愈來愈大。

「到了第三十天，是二的二十九次方文錢。」

『2^{29}』

「哇，出現了！」

我忍不住叫出聲音來。

指數——我對右上方這個縮小的數字產生了排斥反應。

「武藤警官，你怎麼了？」

類會長舉起裝有檸檬汽水的玻璃杯，笑得麗似夏花。

「不是什麼天文數字吧。」

「不不不，千萬不能小看這個數字。」

我望向濱村渚，她笑得可開心了。

「不愧是武藤警官，這個數字可不得了了。」

粉紅色自動鉛筆沙沙沙地在紙上移動。

『536870912』

位數比我想像的還多，類會長似乎也很意外地杏眼圓睜。

「五億文？這大概是多少錢？」

「一文錢大概是十八圓。」

「也就是說……」

『$536870912 \times 18 = 9663676416$』

「九十六億……也太誇張了。」

濱村渚微微一笑。

「沒錯。可是曾呂利新左衛門先生得到的還不只這些喔，而是三十天的合計金額。呃，第一項為一、公比為二的等比數列，到第三十項的總和是……」

我快要跟不上了。

『$\frac{2^{30}-1}{2-1} = 1073741823$』

『1073741823×18 ＝ 19327352814』

「一個月一百九十三億……換作是現代人，要繳贈與稅呢。」

驚訝歸驚訝，依舊是不折不扣的實業家。不擅長社會的濱村渚反應不過來。

加長型禮車開始減速，看來抵達目的地了。

「濱村同學，這個縮小的數字叫什麼？」

類會長把還剩下一點檸檬汽水的玻璃杯放進旁邊的金屬製箱子裡，用白皙的手指指著筆記本問道。

「這是指數。」

「指數。這麼說來好像有學過，一不小心就會愈來愈大呢。」

「沒錯。」

櫻桃筆記本「啪！」地一聲闔起來。

類會長的表情似乎還意猶未盡，或許她也被數學的魅力吸引住了。

我想，濱村渚與類會長的數學講座肯定還會持續下去。

3[1] 搜查

峰岸材料行的社長——峰岸勇是個五十多歲、頭髮稀疏、眼睛細小的男人。

「突然跑來就說要搜查……」

他以有些古怪的笑容輪番打量我們的臉之後，目光掃向類會長。

「是會長答應的嗎？」

峰岸口中的「會長」二字並非單指職位，聽起來頗有幾分嘲諷的味道。在他看來，要稱呼年紀小自己兩輪的大小姐為會長，或許很不是滋味。

「峰岸社長，可以請你先向大家介紹這家公司經手的產品嗎？」

類會長不卑不亢地說著，並從一旁的筆筒裡拿出一枝筆。

「介紹產品？」

峰岸面露出嫌棄，一臉「你這小丫頭在說什麼傻話」的模樣。

「我記得這枝筆的墨水是這家公司兩年前研發的對吧。」

「沒錯，驚天動地筆。」

「這個命名品味就不能想想辦法嗎？」

類會長無視峰岸的發言，撕下一張放在架子上的便條紙，在紙上寫起字來。

「這是什麼筆？」

大山梓插嘴。類會長將便條紙舉到她面前，上面一個字也沒有。

「現在看起來好像什麼也沒寫，但是接觸到空氣十五分鐘過後，字就會浮現出來。這家公司研發了這種墨水，可是上市以後……」

類會長瞥了峰岸社長一眼，後者就像是挨罵的小學生，尷尬地低著頭。

「完全賣不出去，虧損了五千萬。」

的確是很神奇的墨水，但好像英雄無用武之地。

「除此之外，還有屑屑可以直接變成肥料的橡皮擦、抗紫外線的雞蛋面膜、可以直接連著外包裝一起丟進鍋子裡煮來吃的罐頭……全都是成本驚人，但乏人問津的產品呢。」

類會長的每一句話都毫不留情地擊潰峰岸社長的自尊心。

「不過，我們從父親那一代就認識了，就算這家公司虧損，其他公司還是有獲利，所以就睜一隻眼、閉一隻眼。更何況，我對這家公司的技術能力仍舊寄予厚望喔。」

「……謝謝。」

峰岸社長收起方才高高在上的態度，行了一禮。被年輕的大小姐說成這樣，想必很不甘心，但顯然也為了無法創造利益感到過意不去。

「目前工廠應該正在生產就連女性或小孩也能簡單操作的小型噴霧式滅火器。對吧，峰岸社長。」

「是的。」

「為了應付不斷發生的恐怖攻擊，滅火器接下來的營業額應該會有所成長，這家公司總算也開始製造有用的東西了。」

峰岸已經放棄繼續與類會長對抗了。

「峰岸社長，你還杵在這裡做什麼。要開始展開調查了，請你為大家帶路。」

「好、好的，那麼請往這邊走。」

我們在對類會長言聽計從的峰岸社長催促下走出房間。

「啊，濱村同學請留步。」

濱村渚停下腳步，一臉疑惑。我們則繼續走向附設的工廠。

「反正工廠也查不出什麼。比起那種無聊的工作，要不要和我聊聊天？」

基本上，在這個空間裡，沒有人能反抗她。

「再多告訴我一點關於指數的事吧。」

「好。」

濱村微微一笑，走回類會長身邊。

Σ

一如類會長所說，從工廠到研究室，除了新開發的滅火器以外，沒有檢查出任何可疑之處。前幾天類會長堅稱「企業機密」的龍牙膏使用途徑則是用於製作滅火器的本體部分，為此從事耐熱性的研究，絲毫沒有製作炸彈的痕跡。大山和瀨島說要再調查一下，留在工廠裡，我擔心濱村渚的安危，一個人回到峰岸材料行總公司的會客室。

類會長和濱村渚緊挨著坐在皮沙發上，玻璃桌上擺了茶壺和兩個茶杯，以及熟悉的櫻桃筆記本。那位姓栗山的執事站在旁邊，一看到我便畢恭畢敬地鞠躬，走進後面的房間。

「啊，武藤警官。」

濱村抬起頭，朝我伸出拿著粉紅色自動鉛筆的手。

「有沒有找到炸彈？」

「沒有，倒是找到滿坑滿谷的滅火器。」

類會長笑咪咪地說：

「那當然，我們家的相關企業怎麼可能會協助恐怖分子活動。」

栗山走進來，在我面前放下紅茶。剛泡好的紅茶冒著熱氣。

「武藤警官，可以請教您一個問題嗎？」

類會長的表情不知怎地神采奕奕。

「什麼問題？」

「您知道3的-1次方是多少嗎？」

我太大意了！明明只要與濱村渚共同行動，冷不防遇到數學問題已經是司空見慣的事。這是上次的回禮——類會長用眼神向我示意。

「3的-1次方嗎？」

我偷偷地看了濱村渚一眼，她只是緊緊地抿住雙唇，似乎正期待我的答案。

「-3……吧？」

類會長壞心眼地噗哧一笑，一副「我就知道」的得意模樣。光看濱村渚的眼神就知道我答錯了。數學果然不能憑直覺回答。

「你看這個。」

櫻桃筆記本裡填滿了濱村渚的字跡。

『$3^1=3$　$3^2=9$　$3^3=27$　$3^4=81$』

「光看答案，會覺得3、9、27、81等於是前面的數字再乘以3對吧。」

「啊，對，是這樣沒錯。」

「指數每增加1，就再乘以3，也就是說『3的0次方』是『乘以3會變成3的數字』。」

『$\square\times3=3$』

「也就是1。」

『$3^0=1$』

原來如此，也就是說……

「『3的-1次方』是『乘以3會變成1的數字』嗎？」

聽到我這麼說，類會長溫柔微笑，指著濱村渚寫在下面的算式。

『$\square\times3=1$』

「$\frac{1}{3}$嗎？」

「的確會變成這樣呢。」

也對，指數每增加1就乘以3，反過來相當於指數每減少1，就要除以3。

『$3^{-1}=\frac{1}{3}$　$3^{-2}=\frac{1}{9}$　$3^{-3}=\frac{1}{27}$　$3^{-4}=\frac{1}{81}$』

「濱村同學，這樣說明可以嗎？」

「可以。」

濱村渚始終默不作聲地聽我們兩個大人對話，開心地笑著，喝了一口紅茶。

「不好意思啊，武藤警官，其實我也才剛聽完濱村同學的講解。」

果然是這麼回事。就算不喜歡數學，也會被濱村渚的講解吸引住。

這時，栗山執事從胸前的口袋裡拿出像是無線電的東西，似乎是員工專用的行動電話。栗山邊和話筒另一頭的人講電話，走了出去。

類會長不以為意地接著說：

「我想起學生時代就是因為這個『指數』害我討厭數學。可是數學這門學問還真是不能用背的，要靠理解呢。」

「會長。」

栗山走進來，以秉公無私的口吻打斷了她的談興，類會長目光坦然地回望他。

「警方前來搜查的事在高層之間起了爭議，擔心接受警察的調查會對股東大會造成影響。」

栗山舉重若輕地說著絕不能等閒視之的話題。

「副社長以下的高層正與淺井顧問一起從總公司趕來，說是想要和會長商討這件事。」

「這樣啊……不好意思，大家真是小題大作。」

類會長不耐煩地以食指摩挲眼睛下方。就連這種動作被她做起來都很優雅。

思考了半晌之後，類會長把臉轉向一頭霧水的濱村渚。

「我想泡茶給濱村同學喝。」

「泡茶？」

「我在伊豆有間茶室，要不要現在就過去？」

她似乎想逃避與高層的會議。

「現在嗎？」

濱村渚不知所措地眨了眨纖長睫毛底下的雙眼，開始用左手撥弄劉海。牆上的時鐘已經快指向三點半了。

「呃，可是我住在千葉吔……」

再怎麼不想準備考試也不能外宿。現在去伊豆的話，回到千葉肯定已經很晚了。

「別擔心，三十分鐘就到了。」

這個千金大小姐似乎連地理概念也很欠缺。這裡是東京都大田區，即使現在馬上出發，也無法在三十分鐘內穿過整個神奈川縣到伊豆……結果是我錯了。

「栗山，立刻準備直升機。」

2[2] 疑惑

將濱村渚送到幕張直升機場，在警視廳屋頂上的停機坪與類會長道別，回到對策本部才六點多。

「你做什麼去了？」

大山梓質問我的語氣聽不出太多怒氣，我滿心抱歉地回答：

「去伊豆喝了杯茶……」

「是嘛，還真優雅啊。」

她來自沖繩，自己也是我行我素的人，因此對我行我素的行為舉止十分包容，一下子就接受我和濱村渚在大小姐的擺布下，三個小時內往返伊豆的事。

「你們去喝茶的時候，又發生了炸彈騷動。」

瀨島說道。我的身體頓時竄過一陣惡寒。

「什麼？」

我連忙望向白板，白板上貼著某棟建築物的平面圖。

『西立川市教育委員會大樓』。東京西區的教育委員會又被盯上了嗎。

然而，對策本部卻沒什麼肅殺之氣。和昔野市的案子相比，這麼平靜到底是怎麼回事……？

「因為啊，這次趕在爆炸前就先滅火了。」

瀨島開始說明原委。

以下是本案的概要。

接近下班時刻的五點左右，有人朝西立川市教育委員會一樓走廊的窗戶扔了不曉得什麼東西，只知是顆球狀的金屬物體，噴著紅色的火焰。警衛立刻想起昔野市的爆炸案，馬上用一旁牆上的滅火器把火撲滅，所以才沒有釀成大禍。

「炸彈跟昔野市的一樣。」

「犯罪聲明呢？」

「還沒收到。」

引起這場炸彈騷動的「Becky Hat」究竟是什麼組織。倘若不是峰岸材料行，難道真的是宮部興業？

「這個男的好可疑啊！」

大山梓突然嚷嚷起來。

回頭看，她正指著貼在白板上，一個名叫「西岡大地」的男人照片。那個人的身材瘦瘦、頭髮短短的，長相看起來還很年輕，大概不到三十歲。仔細看寫在一旁的基本資料，原來是用滅火器把火撲滅的警衛。

「哪裡可疑了？」

「這個男的才剛上班，根本還沒受過消防訓練。」

「那他怎麼知道滅火器的使用方法？」

「就是這點，而且他用的還是那款小型噴霧式滅火器。」

正是峰岸材料行開發的產品。據說是上禮拜才換上的。

「的確很可疑，你們看這個滅火器放的位置。」

瀨島一直目不轉睛地盯著白板上的建築物平面圖，回過頭來對我們說。

滅火器分別放在四個地方，兩支在走廊，兩支在辦公室。

「只有這裡的窗邊設置了滅火器。」

他說的沒錯。

「炸彈客簡直像是特地瞄準這裡丟。」

看樣子，瀨島與大山似乎認為西岡大地也是「Becky Hat」的成員，等外面的同伴扔出炸彈，再立刻用事先就設置在自己手邊的滅火器把火撲滅。

「你是說『Becky Hat』故意撲滅炸彈？」

瀨島撥弄著天然鬈的髮絲，點點頭。

「為什麼？」

與此同時，竹內本部長慌慌張張地衝了進來。

「喂！畢達哥拉斯博士的犯罪聲明上傳到『Zeta Tube』了。」

在太陽眼鏡底下，畢達哥拉斯博士露出冷笑，口吻還是老樣子。

「我們的下游組織『Becky Hat』又採取行動了。很不幸的，這次雖然以失敗告終，但我們是不會收手的。希望全國自治體的教育委員會別忘了危機尚未解除。敬請期待『Becky Hat』接下來的活動。」

噗滋……

聲明短得令人驚訝。

跟平常有點不太一樣……說不上來是哪裡不一樣，但好像少了什麼重要的東西。

「你們不覺得很奇怪嗎？」

大山在我身邊犯喃咕，看樣子她也覺得不太對勁。

「『打造美好的數學王國』呢？」

她看著我問道。

我這才搞清楚那股不對勁的感覺從何而來。

黑色三角板的目的是為了提升數學教育，從而打造以數學為主的國家。

事實上，過去投稿到網路上的犯罪聲明一定會有『讓我們一起打造美好的數學王國』之類闡述組織理想的字眼。然而，這次的聲明卻沒有，只有煽動民眾對恐怖攻擊感到不安的字眼，彷彿恐怖攻擊才是他們的目的。

咯、咯、咯——瀨島笑得很噁心。

「我知道『Becky Hat』的企圖了。」

他的臉上充滿傲慢。

「你認為煽動民眾對恐怖攻擊的不安，會讓全國的教育委員會採取什麼行動？」

我稍微想了一下。

「加強警力，還有安全對策。」

「正是。屆時一定會參考這次西立川市防範爆炸於未然的個案，沒有接受過任何防災訓練的大外行警衛為何能瞬間阻止炸彈攻擊？這麼一來，全國上下都會知道有一種就連小朋友也能簡單使用的小型噴霧式滅火器，然後滅火器就會大發利市。」

大發利市？這可是實業家的台詞。瀨島接著說：

「畢達哥拉斯博士的目的是要將滅火器的營收轉為恐怖活動的資金。

換句話說，生產滅火器的榆小路集團也是黑色三角板的人。」

怎麼可能。

「原來如此，這下子就兜起來了。」

大山也贊成瀨島的意見。

黑色三角板為了繼續活動，肯定為籌措資金煞費苦心。藉由煽動民眾對恐怖攻擊的不安來賣滅火器，把營收轉為資金……真是諷刺的作法，感覺畢達哥拉斯博士可能會挺中意的，只不過……

「我不這麼認為。」

我孤身一人反對瀨島的假說。

「為什麼？」

瀨島不甘示弱地瞪了我一眼。我的腦海中浮現出那個優雅的千金大小姐充滿知性的笑容，揮之不去。

Σ

茶筅在榆小路類的手中唰唰轉動，然後慢慢停止，抹茶的漩渦在容器裡歸於平靜。

我和濱村渚在不熟悉的氣氛下，正襟危坐地僵在兩坪多的房間裡。

我們剛才明明還在大田區的峰岸材料行總公司，卻坐上直升機，以最短距離橫切過日本上空，被帶到伊豆。

「請用。」

一個歪歪扭扭的土黃色陶器推至濱村渚面前。類會長早已換上布滿藤花圖案，十分穩重大方的和服。

「謝、謝謝。」

「我馬上為武藤警官準備。」

類會長瞥了我一眼。小提琴、加長型禮車、茶道……我被千金大小姐的日常生活耍得團團轉。

「呃……」

濱村渚對茶道一竅不通的樣子，小心翼翼地用一隻手抓住茶碗邊緣，往自己的方向拉，墨綠色的茶水在茶碗裡激起漣漪。

沉默盤踞了好一會兒。

「要怎麼喝才好？」

濱村終於忍不住發問，類會長嫣然一笑。

「別那麼拘謹，照你喜歡的方式喝。」

就算要她別那麼拘謹，她可能也辦不到。

「在茶道的世界裡，有個詞彙叫做一期一會。」

「一期一會？」

「沒錯。意思是說人的一生，有些相遇的機會可能就只有這麼一次，所以要感謝每次相遇，以最誠摯的心情款待對方。品嘗的並不是茶，而是款待的心意。」

濱村渚閉上雙眼皮底下的水汪汪大眼，思考了一下。

「好棒的想法。」

只見她露出微笑，直到剛才還那麼不安的表情一掃而空，將茶碗拿到嘴邊，喝下一口。

「好苦！」

濱村渚說出誠實的感想，嘴歪眼斜地吐出舌頭。類會長整張臉都笑開了。

沒多久，我眼前也來了一只茶碗。

「大家都說茶道是由千利休集大成。」

「千利休？」

濱村不解地反問，這明明就在考試範圍內。

「這麼說來，千利休也是跟秀吉同時代的人。」

「這樣啊……我得再用功一點才行呢。」

濱村喝下最後一口茶，咳了好幾下，皺著一張臉。我與類會長相視而笑。

「可是，這麼說來……」

濱村這次抬起雙眼皮底下的迷濛大眼看著我。

「不管是曾呂利新左衛門先生還是千利休先生，秀吉先生跟完全平方數非常有緣呢。」

濱村說出匪夷所思的話。

「什麼意思？」

「因為……」

濱村放下茶碗。

「一千是十的三次方。」

『千＝10^3』

真是被她打敗了，就連茶道宗師都被她囚禁在數學的世界裡，這女生是怎麼回事。

「承蒙款待。」

站在待客立場的類會長笑著讚歎。

……我也知道這段插曲無法成為榆小路集團並非「Becky Hat」的根

據。
只不過，我無論如何都不認為那位名叫榆小路類的女性會是數學恐怖分子的幫凶。類會長是認識了濱村渚，聽她說話以後才愛上數學……感覺就只是這樣而已。
「你看了這個，還能說與那位小姐無關嗎？」
瀨島遞給我一張文件，是宮部興業的調查報告。
「這是？」
「宮部興業負責採購的證詞。好像是榆小路告訴他們龍牙膏的情報。」
「咦？」
內容確實是這樣寫的。類會長告訴宮部興業？到底為什麼……？
「真是善於計算的大小姐，不亞於濱村。」
「什麼意思？」
「藉由讓宮部興業進口龍牙膏，把嫌疑轉移到他們頭上。聽好了，迅速成長的榆小路集團與可以說是黑色企業代名詞的宮部興業，何者比較可能製作炸彈？」

這還用說嗎，當然是宮部興業。

「就像這樣，利用自導自演的方式，把身為恐怖組織的嫌疑轉嫁到別家公司頭上。」

怎麼可能。

「就這麼決定了！去申請搜索票！明天一起出動。」

默默在背後聽的竹內本部長站起來。

「是！」

大山和瀨島都已經認定榆小路類就是「Becky Hat」的首腦，只有我還猶豫不決。

「嗨！」

只有那個男人會在這種時候還搞不清楚狀況地闖進來。

「哦，拓彌，怎麼啦？」

「那個，或許與本案無關，但我想還是讓你們知道比較好，關於那個龍牙膏啊……」

他用食指和大拇指揉搓染成綠色的頭髮說：

「有個重大的缺陷。」

5 美麗的類小姐

榆小路集團的總公司座落於郊外的閑靜樹林中。為了出示搜索票而前往上次拜訪的建築物時，被告知類會長人在順著通往樹林深處的小徑再走一段距離的小木屋。

「終於要見真章了。」

瀨島在我身旁開始摩拳擦掌地興奮起來。因為是一起出動，還有其他搜查員同行。大山被派去大田區的峰岸材料行總公司，至於數學少女濱村渚……則在千葉準備考試。她母親為其玩掉一整個假日而大發雷霆，考試前禁止她再外出，因此這次必須由我們警方自己做個了斷。

精緻的小木屋靜悄悄地矗立在樹林裡，我們一口氣推開圓木打造的門。門口直接鋪著地毯，形成放鬆的空間。榆小路類坐在其中一張圍著水晶桌的皮椅上，栗山執事一如既往地站在她背後。她的正面則是峰岸材料行的社長——峰岸勇。

「武藤警官。」

頭髮綁成馬尾，穿著一身黑的類會長給人的印象與平常截然不同。

「我等你好久了。」

等我？面對無懈可擊的笑容，我錯失了開口的時機。

「請坐。」

請其他搜查員在外面等，我與瀨島依言拉開皮椅坐下。

峰岸社長同時拿起放在一旁的皮包，站了起來。

「那麼會長，我先告辭了。」

看樣子他們剛才是在討論公事，可是也不能就這樣放他回去。

「請留步。」

我們還沒開口，類會長已先叫住峰岸社長。後者尚來不及完全起身。

「武藤警官，其實我剛剛才把資金交給峰岸社長喔。」

峰岸再度坐下，一臉「你幹麼告訴警察」的表情。

「因為昨天發生在西立川市的炸彈騷動，那款滅火器的訂單大量湧入。」

果然。

「因此我決定撥出一百億做為特別資金，支票剛才已經由峰岸社長的部下帶走了。」

一百億……真誇張的金額。

「已經帶走了？」

瀨島整張臉都綠了。難不成……

「萬一那筆錢變成恐怖活動的資金，事情可就嚴重了。」

彷彿看穿我們的想法，類會長毫不掩飾地說。臉上浮現出睥睨一切的笑容。我不由得汗流浹背。她真的是黑色三角板的成員嗎？

「你在說什麼呀，會長。」

峰岸社長打算笑著打馬虎眼帶過。

類會長收起笑容。當然，瀨島也是一本正經。我又是什麼樣的表情呢？

唯獨這次，我完全看不懂現在在演哪齣。

只有栗山執事還是跟平常一樣，在我和瀨島面前放下兩個茶杯，倒進紅茶。白色的蒸氣裊裊上升，逐漸改變形狀，消失在空氣裡。

「峰岸社長，我覺得很奇怪喔。」

類會長的表情還是文風不動，突然對峰岸說。

「什麼？」

峰岸發出高八度的驚呼聲，清了兩、三次喉嚨。

「上海開發的新素材——龍牙膏。高度耐熱，能藉由溫度控制導電性，還是有史以來最輕的陶瓷，可是……」

企業家的雙眼閃過一道寒光。

「有人碰了會出蕁痲疹。」

「…………」

「報告指出，這種素材含有每十個日本人就有一人會過敏的物質，這種東西怎麼能用呢。」

這件事尾財也告訴我們了。後來才知道尾財那天之所以會一直抓臉、抓脖子，抓到皮膚都紅了，就是因為他對龍牙膏過敏。

「你怎麼敢把那種素材用於製作輕量化的滅火器呢？而且峰岸社長，聽說你為了不讓自己受到懷疑，還假借我的名義勸宮部興業也進口使用。」

峰岸的寬大額頭冒出汗水。

「昔野市的爆炸案發生時，我就知道是你在搞鬼。你們峰岸材料行……不，是不是該稱呼你為『Becky Hat』比較好？」

「會、會長，你真愛說笑……」

類會長舉起戴著黑手套的掌心，要峰岸閉嘴。我和瀨島也沒有插嘴的餘地。

「以數學教育為主的國家一旦成立，所有的數學教材都會交給峰岸材料行製作——黑色三角板是用這套甜言蜜語來籠絡你吧？因為經濟不景氣，業績始終沒有起色，所以你們就答應了。」

類會長直視著峰岸的臉，滔滔不絕地說。全都是我和瀨島不知道的內幕。

「你們的目的是要增加滅火器的需求，好讓我砸錢下去，再把我的投資轉為恐怖活動的資金。根據敝公司特別稽核部的調查，三鷹有家工廠以前是貴公司的外包廠商，在那裡發現了製作炸彈的痕跡。」

「什麼……！」

「經過盤問，那家工廠的廠長已經招了。」

「會長，這肯定有什麼地方搞錯了！」

「從今天起，我宣布榆小路集團停止對峰岸材料行的資金援助。真遺憾吶。」

跟不上了……這個大小姐，根本什麼都看在眼裡嘛！

「武藤警官，瞞著您這麼多事真是抱歉。但因為股東大會在即，我想在傳出不好的流言以前，先靠自己掌握真實狀況，沒想到是這麼令人遺憾的結果。不管怎樣，峰岸社長就交給你們警方了。」

「好、好的。」

腦筋還轉不過來，總之先開門，請搜查員進來，從兩側架住滿頭大汗的峰岸社長，限制他的自由。

「等一下！」

瀨島不知在想什麼，突然發難。

「那張一百億的支票已經被他的部下帶走了對吧？」

瀨島瞪著類會長問道。後者邊把紅茶端到嘴邊，點點頭。

一時半刻的沉默。

「咯、咯、咯、咯……」

耳邊傳來壓低的笑聲。

「哈、哈、哈、哈！」

雙眼暴凸，稀疏的頭髮亂七八糟，兩條手臂都被搜查員架住的峰岸勇瘋狂地大笑。

「那張支票現在應該已經兌現了！我被抓了又怎樣！我的同志會幫我完成心願！哈哈哈哈！榆小路類，你應該感恩！你的錢將用來建設美好的數學王國！」

這不是很矛盾嗎？榆小路類明明已經察覺到峰岸的所作所為了。只見她放下茶杯，拿起放在旁邊的支票簿，撕下一張，遞到峰岸面前。好像是交給他部下帶走的那張支票存根聯，上頭寫著好幾個0的天文數字。

「……！」

峰岸的表情僵在臉上，我也立刻明白箇中玄機。

一百億的巨額資金……右上角有一個縮小的數字。

『10000000000⁰』

「這是……」

「武藤警官，0這個數字真是太厲害了，無論多大的整數，都能瞬間變成1。」

一百億的0次方……的確是「1」沒錯。看到只值一圓的支票，峰岸社長的臉上充滿驚慌及焦躁的神色。

「剛、剛才明明沒有這個小字。」

類會長微微一笑，拿出一枝筆。

「你忘了自己開發的墨水嗎？」

那是……接觸到空氣要過一陣子才會顯現字跡的墨水……

「驚天動地筆……」

峰岸無力地喃喃自語。

「這個命名品味就不能想想辦法嗎？」

榆小路類將驚天動地筆放在水晶桌上，再度把手伸向茶杯。我以目光追逐她的動作，無法掩飾內心的驚訝。她居然先用普通的筆寫下一百億的數字，再偷偷地用那枝筆寫下指數「0」，只為了欺騙「Becky Hat」的首腦——峰岸勇！

「我父親，也就是上一任會長經常告誡我，企業家最重要的特質是要能想像消費者的笑容。」

類會長說道。

「然而峰岸社長，你卻忘了這一點，所以你已經沒有資格站在這裡了，好自為之吧。」

她的手在臉頰附近輕輕一揮。極其優雅的手勢讓負責壓制峰岸的搜查員猛然回神。

「那、那麼……」

「可惡！」

峰岸就這麼被搜查員帶走了。

圓木門應聲關上。我想起來了，這裡是小木屋。在 log house（註：log house 是小木屋的英文，而 log 同時也是對數的符號，對數則是從指數衍生而來）裡用指數破案，真是太巧合了……我陷入混亂，腦海中浮現出完全無關的事。

轉彎。

「武藤，我去三鷹的工廠看看。」

瀨島突然這麼說。和我不一樣，他似乎想要努力跟上這出乎預料的急轉彎。

「剩下的就交給你了。」

他丟下這句話，也不等我回答就站起來，離開小木屋。

門再度關上。只剩下呆若木雞的我和始終很鎮定的執事，以及剛剛才與效力於恐怖組織的關係企業一刀兩斷的實業家。

「請用。」

過了好一會兒之後，類會長提醒我眼前還有一杯紅茶。

「哦，好……」

好不容易擠出這幾字，將杯子送到嘴邊，淡淡的香草芬芳撲鼻而來。

總之是稍微冷靜一點了，但到底該從何說起呢？

「呃……」

「昔野市的爆炸案有人去世嗎？」

類會長打斷我的支支吾吾，一臉嚴肅地問我。

「沒、沒有，不過有很多人受傷。」

「這樣啊。對他們真的很過意不去。」

類會長的眼神黯淡無光。

「沒能事先阻止這件事，我們也有責任。我打算誠心誠意地援助受傷的人。」

相關企業在她不知道的情況下與恐怖組織私相授受，這個不幸的責任重重地壓在她的肩膀上。企業也有所謂的社會責任。這麼說來……

「這次的事不會影響到股價嗎？」

只見類會長再次恢復遊刃有餘的笑容。

「世界上充滿了挽回局面的機會。」

「欸？」

「這其實是企業機密，我們上個月在澳洲的礦山發現了金礦，而且可能是本世紀最豐沛的礦脈，現在正和澳洲政府進行開採的交涉。」

這句話的規模也太大了。

「不僅如此，去年出資的哥倫比亞足球隊好像在南美的錦標賽勝出，所以這部分也能獲利。」

「…………」

「還有，目前還不確定，敝公司的設計師所設計的手提包似乎在安特衛普的時尚界受到矚目，下個月就會和幾家名牌簽約。」

「…………」

「所謂的商機，只要抱持著堅定的夢想，就能開花結果。只要全世界的企業尚未捨棄夢想，不景氣就不會永遠持續下去。」

榆小路類……足以代表日本的大企業家。希望日本的企業能為世界經濟做出更多的貢獻。

「話說回來，武藤警官，我現在非常想知道一件事。」

「什麼事？」

類會長突然面露不安，壓低音量跟我說話。這位大企業家現在非常想知道的事是……

「0的0次方是多少？」

太出乎意料的問題，我又啞口無言了。

「所有數字的0次方都是1嗎？可是原本就是0，0次方又是1的話，不是很奇怪嗎？」

明明沒有櫻桃筆記本，也沒有粉紅色自動鉛筆，感覺卻跟平常差不多，都是數學。但是畢竟我也已經一腳踏進數學的世界裡，不是不能理解類會長的煩惱。

『0^0』……？

好像是1，但任何數字乘以0都會立刻變成0，這兩個惡魔的數字疊起來卻變成1，的確感覺不太合理。

「武藤警官也不知道嗎？」

「不知道。」

數學不能憑直覺回答。0的0次方……正確答案是什麼？根據又是什麼？此時此刻，我只想說一句話。

「真想早點見到濱村同學啊。」

我與榆小路類想的是同一件事……將她拉進數學的世界裡，濱村渚這次的功勞也不小。

然而，濱村渚現在不在這裡。那當然。期中考是國中生最重要的問題，現在可不是解決恐怖事件的時候，她必須邊用左手撥弄劉海，拚命克服自己不擅長的學科才行。

榆小路類小姐正以相同的動作在我面前撥弄劉海，思考指數的問題。

對於每分每秒能創造數億利潤的企業家來說，形容外貌或許太過膚淺，但她苦於思考數學真理的臉龐，看在我眼裡真是美麗不可方物，而且充滿了人味。

log1000.

『無法整除的男人』

$\sqrt{1}$ 社會課作業

這天，我與大山梓和兩個國中女生一起在某個地下鐵車站內的湯專賣店享用簡單的午餐。距離開庭還有一點時間，所以先用湯和麵包墊墊肚子。

其中一個國中生是濱村渚，所以想當然耳，眼下又是數學課的時間。

今天的櫻桃筆記本上密密麻麻地寫滿了吊鐘型的圖表與含有平方根的複雜公式。

「不論算幾次，結果都是這樣……」

濱村渚結束計算，放下粉紅色自動鉛筆，「唉……」地嘆了一口氣。

「渚，別那麼沮喪嘛。」

與她同樣就讀千葉市立麻砂第二中學的長谷川千夏拍了拍她的肩膀。

長谷川是濱村渚的同班同學，穿著西裝外套式的制服，是個有點男孩子氣的健康少女。

「下次再加油就好了。」

長谷川津津有味地喝著奶油濃湯，一旁的濱村渚始終垂頭喪氣。

濱村渚從伊豆的茶室回家後，就一直被關在家裡，但是學習毫無進展，直到考試前一天還在看「戴德金先生」的書——不知道這傢伙是誰，大概是有名的數學家。大山梓還發表了一點意義也沒有的感想：「這名字聽起來好像戴奧辛。」——結果考試考得一塌糊塗。

「那是什麼算式？」

大山梓瞥了櫻桃筆記本一眼，還是老樣子不知死活地問她。

「這是班上的標準差與我的標準分數。」（註：標準分數在日本常用來計算學力測驗的偏差值，依此判斷進入理想大學的可能性）

濱村渚以無精打采的語氣回答，迷濛的雙眼看著大山。

「標準分數？要怎麼計算？」

「先計算平均值，求出隨機變數，得到標準差後，再配合平均值50、標準差10的常態分布進行轉換。」

她的音調雖然失去平常的活力，依舊用艱深的數學用語加以說明。話說回來，有哪個世界的國中生會自己計算標準分數，然後自己陷入低潮的啊。

「我說渚，為什麼要算標準分數，達到平均值不就好了嗎。」

「只知道平均值，不知道隨機變數……也就是本次測驗全班分數的離散程度的話，就無法得知自己的分數落在全班第幾名左右。」

「哼，聽不太懂。所以渚的標準分數是多少？」

大山正想再度望向那些算式，但濱村「啪！」地一聲闔上筆記本，不給她看。

「不要，不告訴你。」

長川谷千夏見狀笑道：

「渚，我的社會也只有七十分喔。半斤八兩，半斤八兩。」

「小千可好了，因為美術史是你的強項。」

濱村恨聲說，再次「唉……」地嘆了一口氣。

「我沒有任何擅長的科目……」

她那嬌小的身體看起來可憐兮兮——誰叫數學從義務教育裡消失了。

Σ

中學的教育改革中，以排除數學最為有名，很少人知道針對社會課的改革。「透過具體地學習國家及地方自治體的工作，培養身為社會一員的自覺」是公民課的指導目標，因此要寫很多與地方自治或司法有關的報告。對濱村渚而言，這無疑是地獄般的教育方針。

「武藤警官，救救我。」

本週一揭開序幕，我就接到她哭著打來對策本部的電話。

一問之下，原來是跟期中考一起交的公民課報告捅了簍子。

「不是有陪審員制度嗎。」

「嗯。」

「不同於美國只能選擇無罪或有罪的作法，連要判什麼刑都要決定的制度。」

「我知道啊。」

司法議題真不適合從濱村渚口中講出來。

「三位法官加上從一般人選出來的六位陪審員，由這九個人開會表決，你不覺得很奇怪嗎？」

濱村渚突然從話筒那頭拋出問題，但我完全不覺得有什麼好奇怪的。

「哪裡奇怪了？」

「我可以理解因為採多數決，所以人數為奇數。這是為了就算意見分成兩派，也一定會有一方的人數比較多。可是這只適用於決定無罪或有罪的時候。」

「嗯？」

「日本的陪審員制度還必須決定量刑，到時候可能會出現三種意見不是嗎。」

濱村渚靜靜地激動起來，肯定還在電話那頭翻開了櫻桃筆記本。

「還有，九這個數字也不太好。」

「怎麼說？」

「因為可以被三整除。萬一分成各有三個人的三種意見，彼此又都不肯讓步的話，就很難達成共識了。」

「……」

「所以我寫了應該要增加兩位陪審員，讓人數變成十一個人的報告。十一是非常乾脆的質數，至少無法被二到十之間的數字整除，一定能達成多數決。」

我似乎明白她想說什麼了，可是……

「結果被老師罵了。」

這是自然的。

「還罰我去實際的司法現場觀摩，重寫一篇報告。那個老師真的好討人厭。」

「實際的司法現場？」

「就是法院啦。老師要我去旁聽，說就算是國中生，也可以參觀正式開庭。可是我不知道該怎麼去。所以就算是東京的法院也沒關係，請帶我去。」

我的腦海中浮現出一個案子。

其實再過幾天，某個案件將第一次開庭。那是由我和同樣是對策本部的瀨島直樹逮捕的「黑色三角板」恐怖分子犯下的案件。不僅如此，起訴那個恐怖分子的檢察官還是我大學時代的同學。

還在想這真是不可思議的緣分，濱村渚就打電話來哭訴了。

「啊，我還會帶一個朋友去，我們要一起寫報告。」

「朋友？」

「小千，長谷川千夏。」

以前聽過這個名字，是送給濱村渚那枝粉紅色自動鉛筆的人。

Σ

「你認識長谷川等伯嗎？武藤警官。」

長谷川千夏看著我問道。

「不認識……」

「長谷川等伯是安土桃山時代的畫家，是狩野永德的對手，創立了『長谷川派』。」

我模稜兩可地點點頭。當自己點的蛤蜊巧達湯送上桌時，濱村渚剛才的沮喪模樣就像騙人似地一掃而空，邊開動邊大讚好吃好吃。

「『長谷川派』聽起來很酷吧？好像我的流派。」

長谷川千夏哈哈哈地朗聲大笑。

「武藤警官，小千記美術史的方法很有趣喔。」

濱村渚也笑著啃麵包，看樣子已經完全振作起來了。

「小千，你告訴他背誦『巴比松七星』的方法。」

「米柯盧特多，迪雅迪普雷。」

在濱村渚的催促下，長谷川得意洋洋地念出一串莫名其妙的咒語。

「什麼意思？」

「記住十九世紀法國巴比松派畫家——米勒、柯洛、盧梭、特魯瓦永、多比尼、迪亞、迪普雷這七個名字的方法。這是我想的。很厲害吧？」

原來如此。就像以前用諧音背歷史那樣。如今就連美術史也出現在義務教育或考試科目裡，國中生必須拚命發明一些方式來記憶，真是不容小覷。

「七個名字都必須背起來嗎？」

大山梓皺眉，顯然不像我這麼感慨。

「對。因為教科書上有，考試也會出。」

「七個人也太多了。」

濱村渚看著我，希望我能站在她那邊。她對歷史和人名非常不擅長。

「有什麼關係，有什麼關係嘛，七是幸運數字，Lucky 7。」

長谷川才剛說完，濱村渚的表情就變了，感覺雙眼皮下的迷濛大眼閃過一道光芒。

「小千，七為什麼是幸運數字？」

「欸？因為大家都這麼說啊。」

「在古代的巴比倫尼亞……」

啊，對了。她並不是對所有的歷史都不擅長。我感覺自己的眉頭正不由自主地往中間靠攏。

「七是『不吉利的數字』喔。」

數學史。濱村渚唯一擅長的歷史。

在古代的巴比倫尼亞，七並不是幸運數字，而是不吉利的數字。濱村渚也不告訴我們原因，自顧自地喝蛤蜊巧達湯。

當時我做夢也想不到，這個問題竟會與這次的審判息息相關。

$\sqrt{4}$ 審判

東京地方法院，刑事案件編號第823543號。

被告名叫奧井論，二十八歲，最近才成為「黑色三角板」的成員。

他原本在東京都內某工業大學的研究所攻讀機械設計的博士課程，因為贊同黑色三角板的教育理念，與同間研究室的五名學生一起加入組織。他們被派到離山梨縣很近的七王子深山裡的武器工廠，負責在那裡設計、組裝改造手槍等武器，善用自己的強項為組織做出貢獻。一開始，大家都相信要把自己的餘生奉獻給「打造美好的數學王國」。

然而，目標始終不明確，再加上不斷看到同志們在各方面接二連三的失敗，開始失去耐性。六個人心裡開始浮現出底氣不足的疑問：「打造美好的數學王國」該不會只是不切實際的幻想吧？於是他們決定逃離組織。

決定逃走那天下著大雨，走正常的山路會被追兵發現，因此他們只從儲藏室偷了一點點巧克力，躲進生長茂密的樹林。逃走後五個小時，上氣不接下氣地抵達山中小屋時，在那裡發生了悲劇。

追兵掌握到他們的行蹤。

山中小屋的門突然被推開，「No. 49」出現在筋疲力盡的六個人面前。

「No. 49」是工廠的武器製造工程部主任，也是雷打不動的畢達哥拉斯博士信徒。

沒料到會被找到，六個人分頭逃走，但對方可是神槍手，奧井以外的五個人陸續死於「No. 49」的槍口下，只有奧井一個人順利逃脫，有如無頭蒼蠅似地在大雨中逃竄的結果，幸運地逃到一般道路上，發現一棟民宅。

因為是「黑色三角板」的案子，對策本部接獲通知，派瀨島直樹前往現場。立刻搜索案發現場的山中小屋，如同奧井的證詞所說，找到五具中彈身亡的屍體。後來也循線找到他說的工廠，只可惜其他恐怖分子都已經逃之夭夭了。

倘若相信奧井上述的證詞，起訴的理由應該只有「協助恐怖攻擊」，但這場官司爭議的論點不在這裡。

警方、檢察官認為奧井論的嫌疑是「殺人罪」……認為「No. 49」這個殺手是奧井杜撰出來的故事，懷疑是奧井殺了另外五個人。

Σ

被告奧井論滿臉鬍碴、臉色蒼白，開庭以來始終閉著眼睛，散發著一股陰陽怪氣。儘管如此，法庭攻防仍在繼續。

「根據在山中小屋搜查的結果，你以殺人嫌疑逮捕了被告。」

檢察官宮下耕也是我大學時代的朋友，正在詢問證人。而上述證人正是逮捕奧井的瀨島直樹本人。

「可以請你說明你認為被告殺人的理由嗎？」

瀨島瞪視著宮下的臉，相較之下，宮下怯懦的表情一點也不像檢察官。他的正義感從學生時代就比別人強一倍，但人太好是硬傷。

「首先是遺留在案發現場的手槍。」

瀨島陳述的同時，設置於左後方的螢幕裡出現放大的手槍照片。是可以填充六發子彈的左輪式手槍，槍身上有黑色三角板的記號。

「欸，會播放這種東西啊。」

長谷川千夏自言自語地做筆記。濱村渚在她旁邊打了一個大大的哈欠，完全打算把社會課的報告丟給朋友搞定。

「倘若是『No. 49』射殺了那五個人，應該會把槍帶走才對，但槍卻遺留在案發現場。我認為是被告擔心槍在自己身上會被懷疑，所以才故意留在現場。」

「原來如此。」

「還有，被告身上有硝煙反應。」

硝煙反應是指開槍時沾在衣服或身體上的火藥反應。

「一旦檢測到這種反應，說再多謊都無法掩蓋開槍的事實。」

瀨島自顧自地開始發表高見。從他那趾高氣昂的表情不難看出，他其實非常享受站在證人台上的樂趣。

「被告大概以為豪雨足以沖掉硝煙反應，可惜硝煙反應不是下場雨就能沖淡的證據。」

「證人只要回答問題就好。」

被審判長訓誡了一番，瀨島面有慍色地閉上嘴。

被告奧井論依舊閉著眼睛，動也不動地聽瀨島這一連串的說詞。比起疲憊，滿是鬍碴的蒼白臉上更多的是有恃無恐的自信。

「檢察官還有什麼問題要問證人嗎？」

「呃，關於犯罪動機，我還準備了其他的證人，所以我認為可以到此為止了。」

「那麼請辯方律師展開詢問。」

「好的。」

宮下回到檢察官座位同時，有個穿著深灰色三件式西裝，髮絲斑白的律師從被告身後走上前去。相較於怯懦的宮下，上了年紀還很健康的臉龐透露出明確的自信。

面對這場官司，被告從一開始就供稱是「No. 49」殺了那五個人，全盤否認檢警雙方對他的指控，因此這位律師肯定是來瓦解瀨島的證詞。

「證人。」

沉默之後，律師面露和善，語氣平和地開口。

「聽說你是黑色三角板對策本部的人。」

「對。」

瀨島回答。一副「問這個做什麼」的訝異表情。

「那你過去應該也親臨過無數次這個組織犯罪的現場，該組織一定會在現場留下某樣東西。」

「某樣東西？」

我在腦海中重溫過去的案件，立刻明白律師口中的「某樣東西」指的是什麼。

「黑色三角板的標誌嗎？」

彷彿等不及瀨島回答，螢幕上出現兩片三角板疊在一起的畫面，是那個恐怖組織的註冊商標。

「要是手槍沒有遺留在現場，你會怎麼看這次的案子？」

瀨島皺眉，臉色一下子轉為鐵青。

「啊。」

「沒錯。不符合該組織的作風。現場之所以會留下手槍，難道不是為了彰顯那是恐怖組織犯的案，並且對背叛者做出殺雞儆猴的警告嗎？」

「…………」

「至於第二點的硝煙反應。」

好厲害的律師，兩三下就讓自以為是警界菁英的瀨島直樹啞口無言，還把他牽著鼻子走。瞥了旁邊的國中生一眼，兩個人都看得目瞪口呆，被律師與瀨島的你來我往吸引住了。

「你該不會忘了吧，被告在工廠從事手槍的開發，試射手槍當然也是重要的工作之一。」

瀨島被這位氣質沉穩的律師堵得說不出話來。

「他身上的硝煙反應難道不是逃走以前就沾在衣服上的嗎？」

「可是……」

「即使在大雨中逃竄，也不會輕易被雨水沖掉。這句話可是你自己說的喔。」

「唔……」

瀨島無言以對。

望向檢察官的方向，宮下正愁眉苦臉地翻著文件，真靠不住。

看樣子，比鄰而坐的三位法官與六位陪審員的心證似乎正逐漸傾向於被告。

Σ

「可惡！那個律師真是氣死人了。」

瀨島痛罵，同時整個人陷進旁聽席的座位裡。

「會被聽見喔。」

「那又怎樣，就是要讓他聽見。」

法庭內意外狹窄，旁聽席到辯護律師的位置只有短短幾公尺。

瀨島火冒三丈地抱著胳膊，閉上眼睛，低下頭去。要是這麼不爽，乾脆離席不是更好。

「那、那麼為了釐清動機，我想傳喚證人。」

宮下拭去額頭上的汗水，面向審判長説。唉，他沒問題吧？

角落的門被推開，出現一位身穿毛衣，五十出頭的小眼睛男人。

男人站上證人台，自稱相澤，是奧井與遇害的另外五個人還就讀於研究所時，去機械工廠實習的設計主任。

「你指導他們實際操作那天，發生了一起意外事故，對吧？」

宮下問相澤，至今始終閉目養神的奧井被告微微地睜開雙眼，第一次讓我們看到他的眼神。

「對。」

「請問是怎樣的意外？」

相澤一度噤若寒蟬，嚥了一口口水，然後才慢條斯理地娓娓道來。

「事情發生在開始指導實際操作的幾天後，操縱壓平鐵板的機器時。」

螢幕裡出現巨大的機器。長谷川千夏看得兩眼發直。

「剛好是被告伸入左手的時候，學生們不小心操作失誤，導致機器夾住他的手臂。」

旁聽席掀起一陣騷動。或許是不願意想起手臂的事，奧井被告再度閉上雙眼。不管怎樣，這個男人實在很陰沉。

「雖然立即送醫治療，但他的左手好像還是留下了後遺症。」

大螢幕換上奧井被告的照片，左手舉到肩膀的高度，面無表情的模樣讓殘障的手臂看起來更引人同情。

「被告的手臂只能舉到這個高度。」

宮下向審判長報告。他的用意十分明確，認為這就是奧井恨那五個人的理由。

「我的詢問到此結束。」

宮下看起來比剛才稍微沉著一點，坐回自己的椅子上。

長谷川、大山和剛才還在發牢騷的瀨島全都屏氣凝神地注視著法庭上的攻防，唯有濱村渚敢情是不感興趣吧，心不在焉地望著天花板。

「那麼請辯方律師展開詢問。」

辯方律師緩緩地站起來，臉上浮現出遊刃有餘的笑容，與面對瀨島的時候如出一轍。

「相澤先生，請你看一下這邊。」

律師指著螢幕。螢幕中排列出本案五位被害人的臉部照片。

「根據你剛才的證詞，害被告的手變成殘廢的五個人，是這五位沒錯吧？」

「沒錯。」

相澤看了螢幕一眼回答。

「嗯……」

律師一臉不以為然地盯著螢幕好一會兒，然後是故意吊人胃口的沉默。

「太專業的事我不懂，但那台機器要五個人合力操作才能啟動嗎？」

「什麼？」

相澤看著律師，細小的眼睛眨了好幾下。

「不、不用，一個人就能操作了。」

「那麼被告的手被夾住的時候，應該只有一個人操作那台機器吧？」

「嗯，沒錯。」

「剩下的四個人呢？」

「在旁邊看。」

聽到這個回答，律師的眼角微微上揚，露出滿意的微笑。

「那麼證人，可以請你訂正剛才的證詞嗎？並非『學生們操作失誤』，而是『五個人裡面有一個人操作失誤』。」

「……」

「與其他四個人無關，對吧？」

「呃……」

「這關係到一個人是否有殺人罪嫌！」

平和的語氣一變，氣氛變得緊繃。相澤朝宮下檢察官的方向投以抱歉的目光，低眉斂眼地回答：

「……是，你說的沒錯。」

律師勾起嘴角，似乎想緩和劍拔弩張的氣氛，回頭望向審判長。

「被告是否有殺害五位友人的動機，就交給各位陪審員判斷了，報告完畢。」

「呼——」大山嘆了一口氣。

的確如律師所說，不確定奧井是否有殺害另外四個人的動機。

「變得有趣起來了。」

長谷川千夏小聲地對濱村渚說。她已經完全法庭辯論吸引住，報告用的筆記上只寫到「有螢幕」這點就沒再寫下去了。

「小千，我從剛才就很在意一件事。」

濱村看著長谷川說道。我還以為就連她也看得入迷了。

「你不覺得最右邊的陪審員長得很像島野同學嗎？」

完全辜負我的期待。她果然只對數學感興趣。

「欸？可是戴眼鏡的話比較像赤塚同學吧。嘴巴則是跟富田同學有幾分神似。感覺像是把島野同學和赤塚同學和富田同學加起來除以三。」

「那三個人差太多了，所以應該要把各自與平均值的差乘以兩次方，加起來除以三，再開根號比較好吧？」

「渚，拜託你忘掉標準差的事吧。」

討論麻砂二中的同學還不忘夾帶數學，兩人「呵呵！」地相視而笑。我很快就知道，長谷川真是上天賜給濱村的好朋友。

√9 第七個足跡

「四、三、二……」

長谷川千夏倒數，偷看我的表情，嘿嘿一笑，還用食指抹了一下鼻子下方，很男孩子氣的動作。

「……一。」

「砰！」

耳邊傳來哈哈大笑。我又輸了，真不甘心。

中間有三十分鐘的休庭時間，我們坐在法院走廊的廉價長椅上。

「有什麼攻略法嗎？」

大山問濱村，濱村露出模稜兩可的笑容，搖搖頭，手裡還拿著裝零食的袋子。

我和長谷川千夏比的是濱村渚發明的「定時炸彈遊戲」，好像還在他們就讀的千葉市立麻砂第二中學私底下流行了起來。

規則如下——想像有一顆定時炸彈，決定好離爆炸還有多少時間，玩家輪流最少一秒、最多四秒地倒數，數到最後一秒的人爆炸，也就是輸的意思。

我已經連續輸給長谷川千夏三次了。

「換我來。」

瀨島將手裡的咖啡紙杯扔進附近的垃圾桶，站在坐著的長谷川千夏面前，用食指指著她。

「要設定幾秒？」

「二十三秒。你先。」

長谷川笑得很有男子氣概，瞄了濱村一眼後，開始倒數。

「二十三、二十二。」

接下來輪到瀨島。

（瀨）「二十一。」

（長）「二十、十九、十八、十七。」

（瀨）「十六、十五、十四。」

（長）「十三、十二。」

瀨島一說完數字，長谷川就毫不遲疑地接下去，沒有攻略法才怪。

（瀨）「十一、十。」

（長）「九、八、七。」

（瀨）「六……啊！」

瀨島失聲叫道，但為時已晚。

（長）「五、四、三、二。」

（瀨）「……一。」

「砰！我贏了。」

果不其然，就連瀨島也被這個有點像小男生的小女生擺了一道。

濱村渚眼見朋友勝利，心滿意足地微微笑，大口吃著餅乾，餅乾屑掉得到處都是。

「肯定有什麼攻略法吧？」

我問她，她喝了一口保特瓶裡的柳橙汁，輕輕地咳了兩下。

「武藤警官，你知道二十三跟八是一樣的嗎？順便告訴你好了，九十八也是。」

她在說什麼？二十三和八和九十八？

「這是 Modular 5。」

聽都沒聽過的單字。

「翻譯成日文是『在模五下與一同餘』。」

模五？群魔亂舞嗎？不，從濱村渚口中說出來的肯定是數學用語。話說回來，這個遊戲本來就充滿數學的影子。

「各位，要繼續開庭了。」

法院的女職員推開法庭的門，招呼我們進去。結果休息時間都耗在數學上。

Σ

辯方律師最先出示的證物是五位被害人中，宇野被害人的日記。宇野的性格很一板一眼，鉅細靡遺地寫下包含奧井在內，六人加入黑色三角板的來龍去脈。

律師基於其中一段「我等六人對數學的信仰堅若磐石，今後無論發生什麼事都不會動搖」的記述，否定了奧井對其他五個人懷有殺意的說法。宮下對此並未做出任何反駁。

「那麼接下來我想再傳喚一位證人。」

律師以極為冷靜的語氣繼續辯護下去。

終於輪到辯方的證人上場了。截至目前在整場官司中占了壓倒性上風的律師還準備了什麼祕密武器呢？官下檢察官又要如何因應呢？

鴉雀無聲中，角落的門「卡嚓」一聲開了，有個西裝筆挺的年輕男人走進來。

「啊。」

看到出現的證人，忍不住驚呼出聲的……竟然是濱村渚。

剛走進來的男人有著一頭染成棕色的明亮髮絲，聽見她的驚呼聲，轉頭看向我們一行人。

「咦？」

錯愕的聲音。

……穿著與平常截然不同的正式服裝，害我一時沒認出來。

「哈哈！你怎麼穿成那樣？」

大山梓不分場合地笑得前俯後仰。

「一點也不適合你！」

「我是證人喔，證人。你們呢？是來觀摩的嗎？」

「嗯，對……」

濱村尷尬地笑著點頭。長谷川頂了頂濱村的肩膀。

「他是誰？」

「鑑識課的尾財先生。」

警視廳鑑識課23班，幫過對策本部好幾次大忙，是鑑識人員中特別以素行不良出了名的單位。這個單位的老大正是這位棕色頭髮的鑑識官——尾財拓彌。

「太好了！」

尾財雙手握拳，伸懶腰似地朝天空高舉，鬆開原本打得一絲不苟的藍色條紋領帶。

「說什麼要出庭，害我緊張得不得了。沒想到都是自己人，真是鬆了一口氣。」

審判長提醒尾財。

「證人，請快點上證人台。旁聽席請保持安靜。」

「早知道我也帶大家來。」

他口中的「大家」指的大概是23班的同事。要是真的讓那些人來，旁聽席豈不是立刻成為暴走族的聚會了。

因為尾財的出場，法庭內的氣氛幡然一變。陪審員中甚至還有人小聲地吃吃笑。宮下檢察官看得目瞪口呆，完全反應不過來。

然而，律師傳喚這麼不正經的證人是要來證明什麼？話說回來，他是警視廳鑑識課的人，為什麼會以辯方證人的身上踏上證人台？

「證人，你隸屬於警視廳鑑識課對吧？」

律師絲毫不以為忤，依舊神態自若地開始提問。

「是的，我在23班。」

「這次的案子是由你們負責嗎？」

「不是，聽說是由21班負責。」

聽到這裡，我恍然大悟。

21班又叫「鑑識菁英班」，是一支優秀又認真的團隊，在警視廳內的風評也很好，曾經受過好幾次表揚。與素行不良、風評甚差的23班可說是天壤之別。23班當然看對方很不順眼，總是懷有強烈的敵對意識。

「今天可以請你針對事實做證，不要因為同樣是鑑識人員就互相包庇嗎？」

「當然沒問題。」

尾財看著律師的臉，精神抖擻地回答。他大概以為這次終於可以挫挫21班的銳氣，準備出庭大顯身手。

「那麼，首先請你看一下這個。」

螢幕中出現幾個用石膏塑形的腳印。

「這是殘留在案發現場的腳印。」

「我知道。我們也已經透過報告書和現場的照片確認過了。」
「請問一共有幾人份的腳印？」
「七人份。」
安靜的旁聽席傳來此起彼落的竊竊私語，最右邊的兩位陪審員不知交頭接耳地在說些什麼。
「報告書上可有寫出那七個腳印分別是誰的？」
「分別是五位被害人與站在那邊的被告，還有另外一個人，但不知道是誰，所以沒寫上名字。21班的人也太偷懶了。」
「不知道是誰的腳印是案發當天才印上去的嗎？」
「肯定沒錯。因為是留在下過雨，泥濘不堪的地上。21班的人居然連這點也沒注意到。」
尾財每句話都沒忘了要捅21班一刀。律師滿意地微笑。
「那麼，那天一共有七個人在那間山中小屋沒錯吧？」
「沒錯！」

尾財神采奕奕地回答。

可是這句話無疑狠狠地打擊了宮下的士氣。第七個人。完全坐實被告主張的「No. 49」真有其人。

「我問完了。」

律師勝券在握地結束證人詢問，宮下推了推無框眼鏡，彎腰駝背、戒慎恐懼地走上前，懷裡捧著大量資料。

「接著請檢察官提問。」

「好的，呃……」

宮下一時眼神遊移，不曉得在想什麼。

「假設第七個腳印是真兇的腳印，沒發現從山中小屋逃走的痕跡不是很奇怪嗎？」

「關於這點啊……」

尾財直接打斷宮下的問題說道。

「那間山中小屋後面是一片岩石，然後才是五百公尺外的沼澤。岩石上確實沒有留下腳印……真兇可能是擔心留下足跡會讓警方循線找到他的巢穴，所以才利用這條路線逃走。關於這點，我們也同意21班的見解。」

尾財明確地回答。他以前講過這麼長的台詞嗎？

「這樣啊。那麼，關於第七個腳印……」

宮下還想繼續提問，但語氣十分軟弱，顯然已經怯場了。

「有沒有可能是偽造的？好比說，誰換了雙鞋故意留下腳印，讓人以為還有另一個人之類的……」

原來如此。宮下的言之下意，是奧井被告為了讓人以為「No. 49」確有其人，另外準備一雙鞋子。看起來雖然軟弱，但他好歹還是檢察官。

然而，尾財的回答十分冷漠。

「不可能。」

「為、為什麼？」

「聽清楚了，從腳印深度可以看出大致上的體重喔。啊，可以顯示那張表嗎？」

在尾財的指示下，螢幕上出現一張記錄了七個人的腳印與推估的身高、體重表。

「謝啦。這是23班的阿綾從照片中的腳印深淺計算出來的數據，很厲害吧！所以以後有事請找23班，而不是21班。」

「證人請勿扯到與本案無關的事。」

又被審判長訓誡了。瀨島也好，尾財也罷，我身邊的人總會自顧自地說一些有的沒有的。

「嘿嘿，不好意思。呃，請看這張表。第七個腳印的主人體重大概在五十六公斤左右，瘦巴巴的。而被告別看他那樣，體重也有六十三公斤喔，對吧。」

尾財喊得極為親暱。奧井被告連眼皮也不抬一下，只輕輕地舉起左手，略做反應。

「要偽造比自己重的腳印，只要背上重物就行了。可是再怎麼樣也無法偽造比自己輕的腳印不是嗎。」

尾財撥了撥髮尾。宮下瞇起已經夠沒志氣的眼睛，看起來就快哭了。

「是、是嗎……」

一時半刻的沉默。

「檢察官還有問題嗎？」

「咦？啊，那個……」

啪啦啪啦啪啦啪啦。整疊資料從宮下手中滑落。

「哎呀，你沒事吧？」

尾財幫忙撿資料。旁聽席傳出笑聲，就連我都覺得難為情。

宮下連忙收拾好資料，亂七八糟地疊在證人台上。

「沒有的話……」

「那個，證人，順便想請教你一個問題。」

宮下打斷審判長的話，盯著尾財，馬不停蹄地說。整張臉已紅到耳朵，但似乎豁出去了。

「什麼問題？」

「你知道凶器的手槍擊發了六顆子彈吧？」

「哦，知道，報告上是這麼寫的。」

「可是只有五個被害人，也沒找到另一顆子彈。」

「真的假的？」

尾財的表情為之一亮。

「被告供稱射向自己的子彈擦過臉頰，飛進森林。關於這點，你有什麼看法？」

「那當然是21班的疏失啊。」

尾財的嗓門比剛才更大了一點。

「居然連一顆子彈都找不到，那群人真的什麼事都辦不好。換成我們23班，絕不會出這種紕漏！」

審判長忍無可忍地說：

「檢察官，這個問題有必要嗎？」

「沒、沒有……只是覺得很好奇。」

「檢察官，請別忘了時間有限。」

嚴厲的忠告令宮下完全萎靡不振。

「啊，對不起。」

宮下以幾乎聽不見的音量道歉，再次漲紅了一張臉，逃也似地回到自己的座位。

Σ

「欸——!?」

尾財大聲怪叫，一屁股跌坐在走廊上。

「我被排擠了嗎？」

「廢話，你這次是敵人。」

大山梓毫不留情地說。她似乎很不高興尾財成為辯方證人，還為黑色三角板的恐怖分子辯護一事。

「怎麼這樣，我只是陳述事實而已。」

「不只吧？你只是想批鬥21班而已，真是傻瓜。」

兩個十四歲的國中女生察覺到氣氛不對勁，稍微拉開距離，提心吊膽地望著這邊。

至於瀨島則是非常不爽自己逮捕到兇手的官司，竟然朝著對被告有利的方向發展，氣沖沖地倚牆而立。真是一群沒有大人樣的大人。

在如此沉悶的氣氛中，宮下從走廊盡頭走來。

「哦，武藤。」

「啊，宮下，辛苦了。」

「唉，真沒臉見人。」

宮下的額頭滿是汗水，一臉憔悴至極的模樣。

「宮下檢察官，真對不起！」

尾財突然跪在地上賠罪。

「等等，你這是在做什麼？」

「我不知道你是武藤警官的朋友，剛才言語之間多有冒犯，真的很不好意思。」

宮下愣了一下，意識到尾財的言下之意後，微笑著在他旁邊蹲下。

「你只是善盡辯方證人的義務不是嗎。」

「欸？」

「你說的很好喔。」

這種善良的地方跟以前一模一樣。我想起他之所以選擇檢察官這份工作，就是基於對各種重大案件的被害者及其家人的體恤憐憫。

「武藤，要不要去『婆羅米』？」

宮下抬頭看著我問道。『婆羅米』是我們大學時代常去的咖哩店。我也想說好久沒見，打算開完庭約他去那裡吃飯。很高興宮下和我有默契。

「好啊。」

「大家也一起去吧。」

我們走出法院時，大山還不是很開心。濱村和長谷川則是笑嘻嘻地跟上來。她們一開完庭就直嚷著「肚子好餓」。明明休庭時才吃了那麼多餅乾。

走到外面，天色已經暗下來了。

「真巧啊，各位。」

這時有個似曾相識的聲音叫住我們。那個律師從柱子後面走出來。

「哦。」

宮下有氣無力地笑了笑，只想打聲招呼帶過。很少看他這麼拒人於千里之外。或許剛開完庭的律師和檢察官都是這樣。

「尾財先生，感謝你出庭做證。」

「咦？啊……」

尾財露出複雜的表情，接受他的道謝。畢竟剛剛才為此向宮下賠不是。

「沒事了，我只是想向你說聲謝謝。」

律師臉上浮現出遊刃有餘的笑容。「老奸巨猾」這個成語在暮色中微微發亮。

「證明『No. 49』真有其人的物證——第七個腳印大概會在陪審員心

裡留下深刻的印象吧。果然是 Lucky 7。」

律師哈哈大笑，靠近宮下說：

「下次開庭也請您多多指教了，宮下檢察官。」

不等我們回答，深灰色西裝的背影就揚長而去。

「那傢伙真令人火大。」

瀨島大為光火地一拳搥向旁邊的柱子。

除此之外，還有一個人對律師漸行漸遠的背影發出不滿的嘀咕。

「那個人也認為七是幸運數字。」

好久沒聽到這個聲音了，所有人都回過頭去。濱村渚眨了眨睫毛纖長的雙眼，一臉悶悶不樂地用左手撥弄劉海。

「為什麼會以為七是幸運數字呢？」

法學時間告一段落，接下來是數學的時間了。

√16 新證據

咖哩專賣店「婆羅米」從以三十五種香辛料混合調配而成的道地印度咖哩到比較合日本人口味的日式咖哩一應俱全，而且全都以三百四十三圓的破盤價提供。宮下點綠咖哩，我點了降低辣度的黃咖哩。這是我們從學生時代吃到出社會的品項。

「沒想到武藤警官還知道這種店啊。」

濱村渚看著我說。一口咬下烤餅，嘴角沾著牛肉咖哩的醬汁。

看到她的吃相，我很確定她喜歡這家店。這個國中女生一遇到喜歡的食物，就會塞滿嘴，邊吃邊掉，吃得到處都是。簡單地說，就是食欲旺盛的意思。

「烤餅和飯都可以免費加點，想吃多少儘管吃。」

「真的嗎？太棒了。」

看到濱村喜上眉梢地笑瞇了兩道雙眼皮，宮下也笑了。濱村渚還是國中生，除了數學能力以外，也有某種討人喜歡的特質。

「霹靂啪啦碰！」

耳邊傳來奇妙的狀聲詞。

尾財誇張地揮舞雙手，大聲嚷嚷。從我這邊看過去，他的位置剛好是方桌對角線的另一頭。

「可惡！」

坐在他對面的大山梓正不甘心地一拳敲在桌上。一旁的長谷川拍著手，哈哈大笑。直到剛才都還劍拔弩張的氣氛早就不曉得消失到哪裡去了。

瀨島一臉無奈地放下湯匙，用力地拍了尾財的頭一記。

「有這種爆炸聲嗎。」

那四個人一直在玩定時炸彈遊戲，尾財贏了大山。

「瀨島警官，我知道攻略法了，後攻的人一定會贏。」

「什麼？」

我也情不自禁地隔著桌子望向尾財。我們都想知道這個遊戲的攻略法，尾財居然發現了？

「說來聽聽。」

瀨島不可一世地催促他。尾財不以為忤地從口袋裡拿出記事本。不知為何，封面是香蕉的圖案。

「這個遊戲，每個人倒數的數字最少是一、最多到四，因此加上對方，至少可以數到五。假設對方說出一個數字，我就要倒數四個數字；假設對方說出兩個數字，我就要倒數三個數字。」

尾財用綠色原子筆不知寫了什麼給瀨島看。

「哼，原來如此。」

「也就是說，不管是十六秒還是二十一秒，只要一開始設定為除以五的餘數是一的數字……」

我不自覺地在腦海中模擬。配合對方一次減少五個數字，剩下的一當然會落到對方頭上，害對方爆炸……

「等一下。」

大山插嘴。

「這種攻略法只限定除以五的餘數是一的數字不是嗎。再說了，在法院玩的時候，明明是小千先攻，還是贏了瀨島。」

「啊，呃，這樣啊……」

「如果是除以五的餘數為二的數字呢？」

「我想想……這還真是困難。」

香蕉封面的記事本實在靠不住。長谷川千夏看著尾財的臉竊笑。

她的表情是什麼意思呢？我反射性地回頭望向濱村渚。

「沒想到尾財先生會注意到這點。」

濱村渚說道。一面喊燙，一面撕下剛送上來的熱騰騰烤餅，送入口中。

所有人都在等她的下文。

不一會兒，她嘴裡塞滿烤餅，慢條斯理地娓娓道來：

「為了讓對方喊出剩下的一，只要自己先喊出比一大的餘數就行了。」

「比一大的餘數？」

尾財嚥下一口特辣的紅咖哩，直接咬著湯匙陷入沉思，然後一拳擊在掌心裡，指著濱村渚。

「除了除以五的餘數是一的數字以外，都是先攻的人贏！」

「沒錯。」

「什麼？什麼？解釋一下。」

在大山的聲聲追問下，尾財又拿起綠色原子筆。

「舉例來說，如果是除以五的餘數為二的數字，先攻的人只要先喊掉一個數字。這麼一來，先攻這時不就等於是『除以五的餘數為一的數字時的後攻』了嗎。」

「啊！」

大山盯著記事本驚呼。瀨島用食指頂著自己的額頭。

「原來如此。二十三或八或九十八都是除以五的餘數是三的數字。也就是說，先攻只要先喊掉兩個數字，接下來再配合對方每次減去五，就能立於不敗之地。」

瀨島瞪著長谷川千夏，忿忿不平地解說。

『先攻23、22／

後攻21／先攻20、19、18、17（先攻從這裡開始配合後攻一次減掉五）

後攻16、15、14／先攻13、12

後攻11、10／先攻9、8、7

後攻6／先攻5、4、3、2

後攻1』

長谷川嘿嘿一笑，抹了一下鼻子下方。真不愧是濱村渚的朋友，不是只擅長美術史而已。也許不到濱村渚那麼厲害，但她也有能力摸透這個遊戲的規則。

「餘數是導出真實數字的導航。」

濱村咬著剛撕下來的烤餅，不知何時拿出正宗的櫻桃筆記本，用粉紅色自動鉛筆在筆記本裡寫下一堆數字。

『$23 \bmod 5 = 8 \bmod 5 = 98 \bmod 5 = 3$』

「這是什麼符號？」

「原文是 Modular。『○○ mod 5』的意思就是『○○除以 5 的餘數』。」

我開始覺得自己快要跟不上了。

「大家真的好喜歡數學啊。」

始終保持沉默的宮下夾雜著嘆氣的苦笑救了我一命。

與其說宮下和我都是數學白痴，不如說我從未和他討論過數學。而且我學生時代做夢也沒想到當上警察以後，居然會過上與數學搏鬥的日子。

濱村渚貌似還想繼續 Modular 的話題，但終究有所自覺地闔上櫻桃筆記本。

「對了，今天是為了社會課的報告而來。」

我突然想起這件事，望向長谷川。不同於還沒吃夠本的濱村，她已經吃飽了。

「那個，宮下檢察官，可以請教你幾個問題嗎？」

長谷川代替又開始埋頭大吃的朋友開口。數學就留到下一次吧。

Σ

警視廳鑑識課的遺留品保管室。這個位於地下室的陰暗房間裡有好幾個架子，架子上擺滿了紙箱。這些紙箱裡全都是與案件有關，失去主人的物品。

「嘿咻。」

尾財把一個大紙箱放上老舊的金屬桌。本案雖由21班負責，但警方的人和檢察官如果認為有必要，還是可以調閱。

「這是本案的相關證物。」

宮下說他想來看看還能不能找到新的證據，所以離開「婆羅米」之後，我們一行人來到這裡。兩個國中生也說或許會對寫報告有幫助，所以在不能太晚回家的條件下，也讓她們跟來。

「沒有印上第七個腳印的鞋子嗎？」

瀨島雙手戴著橡膠手套，一邊掏出紙箱裡的東西，一邊用煩躁的語氣問道。不知不覺間，他反而成了最認真的人。

「瀨島，我問你喔……」

大山梓突然開口。

「你為什麼會認為是奧井殺了那五個人？」

「你說什麼？」

「因為不管是手槍還是硝煙反應，都稱不上完美的證據。更何況第七個腳印的主人另有其人。真的是奧井幹的嗎？」

瀨島聽完，瞪了大山一眼。

「因為那傢伙應訊時的態度。」

「什麼意思？」

「那傢伙異常冷靜。死了五個朋友，不可能像他那樣若無其事地有問有答。那傢伙的心十分冷酷。」

這理由聽起來不太像是瀨島會說的話，但宮下也在旁邊點頭幫腔。

「我也有同感。然而『罪疑惟輕』，我們必須找到足以令人心服口服的證據才行，之後也要讓他重新面對自己所做的事。」

宮下臉上浮現出「正義」兩個字。

「嗯哼，聽不太懂……」

大山不怎麼感興趣地伸手探進一旁的背包裡，從裡頭拿出折疊得整整齊齊的塑膠包裝袋。

「這是什麼？」

「哦，那是巧克力的外包裝。」

那是一袋共有三十個各別包裝的巧克力。

「這是那個名叫宇野，個性中規中矩的被害者的背包。根據奧井的供詞，那傢伙逃離工廠的時候，從儲藏室偷了巧克力。」

自白書上也記錄了這件事。因為找不到其他像樣的食物，六人靠著分享偷來的巧克力，熬過五個小時的東躲西藏。

「說是這麼說，但這是垃圾吧？正常人會這麼小心翼翼地把垃圾留下來嗎？」

「大山，宇野跟你不一樣，人家的性格很一板一眼。」

「還有一個。」

大山不理瀨島，粗魯地抽出另一個包裝袋，幾顆小小的星形巧克力從敞開的袋口掉出來，散落在地上。

「啊，大山小姐，瞧你幹的好事。小心一點啦。」

「抱歉抱歉，我不曉得裡面還有巧克力。」

就在這個時候。

「欸欸欸？」

濱村渚一直安靜地看著其他人與平常無異的行動，突然幾近誇張地大聲驚叫。所有人都嚇了一跳，目光焦點同時集中在她身上。

濱村幾乎是撲到地上蹲下，制服裙子輕飄飄地轉了一圈，開始數大山弄掉到地上的巧克力。

「一、二、三、四……怎麼會這樣？」

什麼東西「怎麼會這樣」……？

「尾財先生！你有宇野先生的……像是垃圾袋之類的東西嗎？」

「欸，垃圾袋？哦，這個嗎？有啊。」

「可以碰嗎？」

尾財默默地脫下自己的手套，遞給濱村渚。

「謝謝。」

濱村戴上手套，開始檢查宇野背包裡的垃圾袋。

絕大部分都是面紙，怎麼看都是垃圾而已。濱村小心翼翼地從中取出巧克力的包裝紙。

「……六、七、八。」

數完了。然後從自己的書包裡拿出櫻桃筆記本，立刻開始計算起來。

每個人都目不轉睛地盯著她的一舉一動。完全不知道她在想什麼。雖然不知道，但肯定是數學。

「渚果然……」

長谷川千夏看著朋友的一舉一動，笑著喃喃低語。

「還是做數學的時候最可愛了。」

……或許是這樣沒錯。

沒多久，濱村算完，推回自動鉛筆的筆芯，轉過頭來，輪流看我們每一個人——我、長谷川千夏、大山梓、瀨島直樹、宮下耕也、尾財拓彌、以及濱村渚。巧合的是，這個昏暗的地下室裡剛好有「七個人」。

「我相信瀨島警官的判斷。」

「你說什麼？」

濱村這句話反而令瀨島皺眉。

「兇手一定是奧井先生。」

接下來她告訴我們的，是基於某種計算的一個數字真理。

√25 無法整除的男人

從旁聽席看出去的正前方是三位法官及六位陪審員，右邊是跟上次一樣閉著眼睛、滿臉鬍碴的被告與老奸巨猾的律師，左手邊則是懦弱但善良的檢察官——宮下耕也。

東京地方法院，刑事案件編號第823543號的最後一次公開審理。

旁聽席除了我以外，還有老面孔瀨島、大山、以及今天也穿制服來的長谷川千夏。社會課的報告最後幾乎是由長谷川獨力完成，已經寫得差不多了，只差「結論」的部分還不知道該怎麼寫才好。感覺改革後的義務教育都難在一些枝微末節的地方。

法庭內的成員全部起立，在審判長的發號施令下行禮。終於要進入最後高潮了。

「檢察官，」

審判長開口。

「你好像提出了新的證據。」

「是的。」

宮下滿頭大汗。律師看到他這副德性，抱著胳膊，嗤之以鼻。

「那麼請容我為大家介紹。」

或許是太緊張了，宮下用「介紹」一詞來傳喚證人，引起陪審團的一陣訕笑。

卡嚓。門靜靜地推開。同一時間，旁聽席傳來此起彼落的驚呼聲。因為出庭的證人橫看豎看都是個孩子。

穿著西裝外套的制服，繫著蝴蝶領結。口袋裡插著粉紅色的自動鉛筆，夾在腋下的筆記本則是櫻桃圖案的封面，這個輪廓圓潤，有著令人印象深刻的迷濛雙眼皮大眼的國中小女生，正是我們的數學少女——濱村渚。

「渚，加油。」

長谷川千夏小聲地說，濱村渚微微一笑，揮了揮手，腳不點地地走上證人台。

「證人，你的名字和職業是？」

「我叫濱村渚，就讀千葉市立麻砂第二中學，二年級。」

濱村似乎有點緊張地回答宮下的問題。

「本案與你有何關係？」

「沒、沒什麼關係。我只是剛好認識上次在這裡發言的瀨島警官……我們是朋友。」

輕蔑的笑聲從我背後傳來。瀨島好像很不好意思，真不像他。

「這樣啊。請問你今天來做什麼？」

法官和陪審團都露出一臉費解的表情。

「我是因為看到被害人宇野先生的，呃……那個是叫遺物嗎？」

宮下溫柔地點頭。

「看到那個東西，覺得很奇怪，所以想來做證。」

說到這裡，宮下的助手站起來，在證人台上放了一台攝影機，將濱村手邊的物品投影在大螢幕裡。櫻桃筆記本已經翻到新的頁面。濱村先按出一大截筆芯，再把粉紅色自動鉛筆的筆芯縮回適當的長度。

「謝謝。」

濱村渚向助手低頭致意，看著宮下的臉，表示可以開始了。

「那麼請問你，你說的遺物是什麼？」

「巧克力的包裝紙。」

才剛回到座位的助手又再度起立，將塑膠袋遞給宮下。

「這是被害人宇野先生的隨身物品留下的東西，請問是這個嗎？」

「是的。我猜裡面應該還剩下一些巧克力。」

「的確還剩下四顆巧克力。」

宮下早已戴上手套，拿出四顆巧克力。

「證人請簡單扼要地說重點。」

審判長大概是失去耐心了，以嚴格的口吻提醒她。

「啊，對不起。」

濱村立正站好，開始連珠炮地加以說明。

「這種巧克力一包共有三十顆，宇野先生逃走前從工廠的儲藏室偷走兩包。然後由六個人分享這兩包巧克力，不覺得很奇怪嗎？」

「哪裡奇怪？」

審判長皺眉反問。我平常聽濱村講解數學的時候大概也是這種表情。

「兩包三十顆，加起來共六十顆。分給六個人。」

濱村渚握在右手的粉紅色自動鉛筆在紙上寫起字來。

『$60 \div 6 = 10$』

「剛好一個人十顆，應該不會有餘數。」

「嗯，沒錯……」

大大地顯現在螢幕裡的除法公式似乎讓審判長有些怯步。

「可是實際上卻剩下四顆。我覺得很奇怪，於是便檢查了一下商數。」

「什麼商數？」

「除法的答案。」

不知不覺間，法庭開始被濱村渚的步調牽著鼻子走。或許討厭數學的人在喜歡數學的人面前會不自覺地收斂氣焰也說不定。

「一板一眼的宇野先生並未把自己分到的巧克力包裝紙扔在山裡，而是規規矩矩地收進背包裡的垃圾袋。數了一下，只有八張包裝紙……於是乎，（除數）和（商數）和（餘數）都到齊了。」

只有濱村一個人樂在其中。螢幕裡出現新的算式。

『60÷□＝8…4』

「請問審判長，□應該是哪個數字？」

「欸？」

突然出現在眼前的問題令審判長驚慌失措地打直背脊。

「我、我已經很久沒有接觸到這種數學問題了……」

「您只是以為自己不會吧。請從『沒有餘數就除得盡』的角度來思考。」

「沒有餘數就除得盡？」

審判長盯著螢幕看了好一會兒，年輕的法官在一旁交頭接耳。

「啊。」

看樣子是反應過來了。

「先把（除數）減去4嗎？」

「是的。」

『56÷□＝8』

「這麼一來，因為『八七五十六』，所以□裡面的數字是7！」

「完全正確。」

「很好！」

審判長握拳歡呼。享受數學最基本的一件事就在於自己想出來的答案是正確解答。一旦落到濱村渚手裡，任何人都會逐漸臣服於數學的魅力。

「審判長，七這個數字代表什麼意思呢？」

「咦？……請等一下，總共六十顆巧克力，一人分到八顆，剩下四顆的話……」

曾幾何時，審判長開始思考下一個問題，無視於濱村渚正在問自己話。

「我明白了，這是『分享巧克力的人數』。」

審判長臉上浮現出「我說的沒錯吧」的得意表情。其他兩位法官及陪審團也一臉意外地消化這個答案。

「七個人……分享？」

右手邊的年輕法官若有所思地喃喃自語。

「沒錯。從工廠逃走的不是六個人，而是七個人。」

出乎意料的答案在法庭內引起一陣譁然。

大家都以為只有六個人，實際上卻是七個人……那天我在鑑識課的保管室聽到這個答案也大吃一驚。當然也不存在著「No. 49」這號人物。

濱村渚以雙眼皮底下的迷濛大眼看著宮下。那是她特有的視線，意味著數學講座至此告一段落，接下來只能由周圍的人繼續奮鬥。

「審判長，接下來由我說明。」

宮下的口吻已不再有之前的畏縮。

「案發當天，包含被告內在，一共有七個人逃離工廠，所以他們抵達的山中小屋附近自然也留下了七人份的腳印。被告在那裡殺了六個人，將體重最輕的人搬到稍微有一段距離的地方棄屍。」

「反對！審判長，這完全是檢察官的臆測。」

律師勢如破竹地舉手。

「沒錯，因此為了證明這不是臆測，目前正打算對案發現場的山中小屋附近再度展開搜索。被告應該選擇不會留下腳印的場所棄屍，所以大概是岩石地那邊的沼澤區。」

宮下不再滿頭大汗，反而是輪到律師滿是皺紋的額頭浮出一層汗水。

「一旦找到第六具遺體，並從那具遺體身上找到不知去向的子彈，就很有可能是被告開的槍。」

宮下推了推眼鏡，接著說出一句令人大感意外的話。

「可是我們希望從本人口中聽到真相。可以的話，希望被告能陪同警方搜索遺體。」

言下之意是勸被告自白。

不是提出不動如山的證據逼被告認罪，而是藉由讓本人說出真相，讓他重新面對自己做過的事……這才是充滿正義感的宮下會做的事。

「檢察官所說的一切都只是憶測！」

律師揮舞雙手，提出反對意見。感覺他終於顯露出過去從未表現過的焦慮。

「居然利用莫名其妙的除法算式，暗示有什麼根本不存在的證據，企圖逼迫被告承認子虛烏有的罪嫌，這實在是……」

「夠了！」

一個從未聽過的聲音大聲地打斷律師激動的抗辯，旁聽席的人也被這個聲音嚇了一跳，法庭內彷彿被關掉音效似地籠罩在沉默裡。

只有一個地方與之前不同。

那就是被告——奧井論睜開了雙眼，直直地看著審判長。

「審判長，我可以發言嗎？」

奧井被告的聲音十分響亮，甚至讓人感覺精明強悍。

「咦……嗯，可以。」

審判長只說了這句話。

奧井站起來，走向證人台。濱村連忙想收回櫻桃筆記本。

「就那樣放著吧。」

奧井伸手制止濱村。濱村有點驚訝，但還是讓筆記本攤開在證人台上，退到檢察官的座位。奧井走向證人台，目不轉睛地盯著筆記本看了好一會兒，靜靜地開始陳述。

「第七個人是在工廠認識的男人，名叫Asai，不知道國字怎麼寫。」

「這句話表示被告承認檢方的指控嗎？」

奧井慢慢地點頭。

「胡說八道！」

律師披頭散髮地站起來，用力拍打桌子。

「律師，到此為此吧。」

奧井攔在審判長訓示前說道。語氣裡透著一股跟放棄掙扎不太一樣的乾脆。

「我好歹也曾經是黑色三角板的成員，不能破壞整數的秩序……□裡面的數字除了七以外，沒有別的可能。」

濱村渚的算式還呈現在螢幕裡。

「我不小心聽到包含Asai在內的那六個人要脱離組織的計畫，而且還不讓我知道這個計畫。我原本已經想原諒他們害我的手變成這樣的事了，可是他們卻背叛我……我們明明發過誓，彼此之間的關係是牢不可破的。」

「這是你行凶的動機嗎？」

「他們終究沒當我是朋友。」

壓抑感情的語氣平淡如水。藏在底下宛如冰雪般的孤寂透過空氣傳了過來。這個男人太孤獨了。

「於是我主動提出逃走的計畫。接下來就如同檢察官所説。我本來還想説，獲釋以後要繼續回組織效命……看來是辦不到了。」

律師「咚！」地一聲癱坐在椅子上。宮下走向證人台，臉上並沒有贏家特有的表情。

「謝謝你願意說出一切。」
「這是應該的。」
奧井的視線移到螢幕上，望著算式。
『60÷□＝8…4』
他是怎麼看待濱村渚將自己逼入絕境的算式呢。
「古代的巴比倫尼亞使用的是六十進制。」
嚴肅的法庭又開始被數學包圍。
「那是因為六十有很多約數，是很方便的數字，可以被三或四或五整除……然而，也有無法將六十整除的自然數，第一個就是七……因此古文明都認為七是不吉利的數字，避之唯恐不及。」
所有人的腦海都浮現出這個數字。從陰森森的男人口中講出不吉利的數字。這同時也是濱村渚尚未告訴我們那個匪夷所思的問題答案。
「六十顆巧克力分給七個人，當然會有餘數。早知道就應該避開七……這個不吉利的數字了。」

奧井轉頭，注視著始終在旁邊靜靜聽他說話的濱村渚。

「說什麼要建立美好的數學王國，卻忘了這麼基本的事……感謝你替我留意到我沒有留意到的事。」

跟這個組織扯上關係的人果然都有點不太正常。不過奧井這番話聽起來倒也有幾分最後一刻向濱村渚尋求認同的味道。濱村渚身為一個熱愛數學的人，似乎很慎重地接受了這番話。

「您過獎了。」（註：這裡的過獎原文是「身に余る」余る也有餘下的意思）

數學少女一語雙關地行個禮。

「武藤警官。」

長谷川千夏看著那兩個人對我說。

「要是被告有真正的朋友，是不是就不會發生這次的命案了。」

我站在逮捕罪犯的立場，對這句話有更深一層的體悟。或許他們這些國中生更清楚什麼是真正重要的事也說不定。

「真是教人難以釋懷啊。」（註：這裡的無法釋懷原文是「割りきれません」

同時也有無法整除的意思）

殺害朋友的奧井背後，瀰漫著一股古文明避之唯恐不及的七的孤獨與悲哀。世上沒有絕對的正義，也沒有絕對的罪惡。可是確實有絕對要珍惜的東西。

我把視線移回長谷川臉上。

「長谷川同學今後也要繼續當濱村同學的好朋友喔。」

長谷川微微一笑，點了兩次頭。

濱村渚能有像她這樣的朋友真是太好了。我打從心底這麼想。

＊來自作者的考題：濱村渚考試的偏差值是多少？是一個沒出現過的數字。

【答案在 P.310 ~ 311】

log10000.

『濱村渚夢遊仙境』

♠♡僅將這個故事獻給熱愛數學、可敬可愛的路易斯．卡羅老師◇♣

1 殺人撲克牌

那個男人出現在影音上傳網站「Zeta Tube」，款式一點都不適合他那個年紀的太陽眼鏡後面的目光森冷，笑容也很冷酷。

「各位，又見面了。」

他是數學恐怖組織「黑色三角板」的領袖——畢達哥拉斯博士，在日本已經擁有家喻戶曉的知名度了。戴著白手套的手裡拿著一疊撲克牌。

「這是黑色三角板引以為傲的武器研究部所開發的新武器。」

鏡頭拉遠，拍攝畢達哥拉斯博士的全身。他的前方有個壓克力水槽，兩隻小老鼠正在裡頭動來動去。

畢達哥拉斯博士戴上防毒面具，雙手連同撲克牌伸進水槽裡，以靈活的手勢開始洗牌。

——他在做什麼？

這時，小老鼠突然開始躁動不安，啪噠、啪噠地撞向壓克力板，四處逃竄。

不久之後，動作逐漸變慢，四仰八岔地倒下來，四肢抽搐，然後就不動了。烏溜溜的雙眼發直，就這麼失去生命力……兩隻都死掉了。

「明白了嗎？這是只要一洗牌就會立刻釋放出毒氣，破壞神經，致人於死地的殺人撲克牌。」

真是可怕的武器。問題是，為什麼要做成撲克牌。

「警告政府單位，請趕快投降，接受我們建立美好數學王國的方案，否則這款撲克牌就會流入市面。」

畢達哥拉斯博士抽出一張撲克牌，拿到鏡頭前。

方塊九。角落寫著「1001」的數字。

影片結束在這個靜止畫面。

「為什麼是1001？」

大山梓看著畢達哥拉斯博士手中的撲克牌，提出再自然不過的疑問。

「大概是什麼暗號吧。一千一、一千一……」

瀨島直樹抱著胳膊，目不轉睛地盯著電腦螢幕，開始喃喃自語。

「一千一、一千一……」

「不是『一千零一』嗎？」

「如果要那樣說的話，應該是『一千零零一』吧。」

身後傳來「噗哧！」的笑聲。

是濱村渚。就讀千葉市立麻砂第二中學二年級。這個個子嬌小，臉圓圓的，愛吃零食的小女生可是警視廳「黑色三角板對策總部」內特別可靠的人物。聽聞騷動後，今天也向學校告假，利用警視廳給她的特別ＩＣ車票，搭乘ＪＲ京葉線在新木場轉東京地下鐵有樂町線，在櫻田門下車。

看樣子她似乎已經解開「1001」之謎了。

「到底是什麼？」

瀨島直樹瞪了她一眼。濱村渚回以微笑，從書包裡拿出那本封面是櫻桃圖案的筆記本。

「因為是『一千零零一』，所以日本人的說法是『一千一』對吧？那如果是『八零零一』，以日本人的思維不是會變成『九』嗎？」（註：以上的「零」在日本人口述數字的概念中是「跳過這個位數」的意思）

『八零零一』？

「你是說，這個一是『八位數』的意思嗎？」

我問她，濱村渚大吃一驚地睜大了雙眼。

「沒錯。真不愧是武藤警官。」

「可是，那中間這兩個位數呢？」

「我從頭開始說起吧。」

眼看大山梓一頭霧水地開始搔頭，濱村渚從胸前口袋拿出粉紅色自動鉛筆。

「我們平常使用的數字寫法稱為『十進制』。當個位數的數值累積到十，就往前進一位，在十位數寫下一，個位數退回零。如此這般，可以用十種數字排列組合出無限大的數字。」

濱村渚在筆記本上寫下『10』。

這麼說來，數學咖啡廳卡當諾的事件（請參照《濱村渚的計算筆記》）時，濱村渚也說過同樣的話。「10」這個數字的發音本來應該是「一、零」，而不是「十」。只不過是用來表示「十位數有一個數字，但個位數的數字一個也沒有」的記號。

「那麼，假設2到9的數字全部從我們的生活裡消失了，只能使用1或0這兩個數字的話，過去寫成『2』的數字該怎麼表現才好？」

「只能使用1或0這兩個數字？這種事根本不可能發生嘛。」

大山不服氣地反駁。

「還是可以的，梓姊姊。只要把第一個位數照樣當成『一位數』，把第二個位數當成『二位數』就行了，像這樣。」

『10』

「這不是『十』嗎。所以是從一直接跳到十嗎？」

「這不是『十』，而是『一、零』喔。表示『二位數有一個數字，但個位數連一個數字也沒有』。」

我向還聽不懂的大山說明。

「聽不太懂。」

「原來如此。第二個位數是『二位數』、第三個位數是『四位數』、第四個位數是『八位數』啊。」

瀨島不管大山，逕自說道。

「沒錯，就是這樣。這就叫做『二進制』。」

「也就是說，以『19』這個數字為例，換算成二進制的話……」

瀨島陷入沉思，我也拚命攪動腦汁。

『19〔十進制〕＝（16×1）＋（8×0）＋（4×0）＋（2×1）＋（1×1）
＝10011（二進制）』

「10011嗎？」

濱村渚在筆記本上寫下相同的數字，微微一笑。

「喂，我完全聽不懂。」

果然只有大山梓一個人還在狀況外。只見她沒好氣地冷哼一聲，雙手在頭上拍了一下。

「這次我跳過！」

自顧自地舉白旗投降。

「你說什麼？」

「我無論如何都無法接受 10011 和 19 是同一個數字，這種想法太奇怪了。」

「你要放棄嗎？」

瀨島質問她，大山點點頭。

「之前不是討論過要由誰去審問在水戶抓到的情報員嗎，那個就由我去吧。」

這麼說來，的確還有這項工作。只不過，對於大山梓放棄理解『n進制』的思考邏輯，我總覺得有點寂寞。

Σ

那天半夜，我們前往茨城縣水戶市郊外的陰暗廢墟一探究竟。濱村渚不在場。她已經回到千葉的家，現在大概睡得正香甜。

「完全沒有人煙呢。」

瀨島自言自語。恣意生長的雜草迎風搖曳。

他說的沒錯，這棟建築物以前是罐頭工廠，現在看起來有如一座孤島，怕是已經好幾年沒有人住。根據茨城縣警的調查，自從十年前母公司倒閉後，就一直荒廢至今，所有製造罐頭的設備都原封不動地遭到棄置。

過去的案子中不乏黑色三角板的下游組織利用廢墟當成製造武器的工廠或培養情報員的場所，但這次的工廠感覺過分安靜。

「真的是這裡嗎？」

「那傢伙是這麼說的。」

大山瞪著廢墟回答。

她口中的那傢伙是指在水戶的基地被捕，移送警視廳，剛才還由大山審問的情報員。大山原本並未抱太大的希望，沒想到成績斐然。對方居然透露出與製造殺人撲克牌及「Cutie Euler」的所在地有關的情報。

魔術方塊王子接受偵訊時供出一個名叫「Cutie Euler」的女人，經過與對策本部的失蹤者資料庫比對後，得知她的真實身分。

皆藤千奈美，二十歲，原本是東都大學數學研究所的院生，長了一張會讓人以為還是位高中女生的娃娃臉。如魔術方塊王子所說，從她滴溜溜的雙眸很難想像她是天才少女。五年前，從故鄉函館來到東京，以學費全免的特別資優生身分進入東京的名門私校──鳩邦學園就讀。隔年，才十六歲就考上了東都大學，成為該校史上首位跳級入學的學生；再過一年，僅十七歲就直升大學的研究所。

主修簡稱「BSD猜想」的「貝赫和斯維訥通─戴爾猜想」，是與橢圓曲線的L函數及泰勒展開有關的問題……老實說，聽到這裡，因為實在太像外星文了，我幾乎要流鼻血。

總而言之，她在這個問題的領域建立了「新的分析法」，因此取得公費資格，可以前往美國賓夕法尼亞州的名門理工學院普林福德大學留學。然而就在出發前夕，半路殺出「數學無用論」這個程咬金，政府陸續刪除國內與數學有關的研究費用，皆藤留學的夢想也成為泡影。

那天晚上，她在網路上的留言板寫下這樣的留言。

「淚水的積分，由憤怒收斂了喔。」

然後便銷聲匿跡了。當時正好也是畢達哥拉斯博士發表數學恐怖聲明，讓全日本聞風喪膽的時期。皆藤在高木源一郎發表發表數學恐怖聲明之前就認識他了，還向周圍的人透露過，有朝一日想向高木討教數學的意願，所以她加入黑色三角板根本是「不證自明」的結果。

至於她拿來當名字的「Euler」其實是數學家歐拉的名字，濱村渚已經熱情地向我介紹過了。

「歐拉老師很厲害。」

李昂哈德．歐拉。十八世紀誕生於瑞士的巴塞爾，小時候在父親的勸說下，立志成為神職人員。後來因為數學的才能受到重視，轉而走上研究數學的道路。

「發現他的才能的人居然是大名鼎鼎的約翰．白努利先生喔！」

濱村渚用力地拍打著從制服裙子露出來的膝蓋，語氣興奮得就像在說熱愛的偶像。雖說「大名鼎鼎」，但我並不曉得約翰．白努利是何方神聖。

儘管如此，隨著她繼續娓娓道來歐拉後來受到「德國國王」及「俄國女皇」的重金禮聘，就連我也可以感受到這個男人的偉大了。

「為虛數單位的 i 賦予定義的是歐拉老師，解決巴塞爾問題的也是歐拉老師，啊，對了，自然對數的底 e 聽說是取自歐拉老師的名字『Euler』的第一個英文字。」

嗯……真不愧是平常都用「先生／小姐」稱呼名留歷史數學家的濱村渚唯一尊稱為「老師」的人。不過，她講的數學用語都太難了……只知皆藤千奈美是把自己的影子投射在這位數學家身上。

前述的 Cutie Euler 涉及製造殺人撲克牌一事，是從在水戶逮捕的情報員口中問到的情報。讓殺人撲克牌流入市面是他在組織內的工作，因此與Cutie Euler 接觸過好幾次。

據他所說，眼前的廢棄工廠就是Cutie Euler 的藏身之處。

冷颼颼的風呼嘯著，吹過長得非常茂密的草叢，髒兮兮的牆上爬滿了藤蔓植物，鐵鏽散發出潮濕的氣味，從破掉的玻璃窗透出的黑暗，則散發著一股被全世界拋棄的孤獨感。

殺人撲克牌真的在這座廢墟製造嗎？供詞說不定是假的。

「所以呢，到底什麼時候才要衝進去？」

「一點左右，要等茨城縣警來支援。」

我回答。瀨島看了一下手表。零點四十五分。

警察的車輛陸續抵達現場，團團包圍住廢墟。布下包圍網的計畫由這個地區的轄區員警擬定。滴水不漏成這樣，裡面的人插翅也難飛。

四周籠罩在深夜的寂靜裡。我面對即將展開的攻堅行動，打了個寒顫。

Σ

事情發生得十分突然。

有道白影發出噗滋噗滋的聲音從我們旁邊經過。看到那玩意兒的背影，眾人不禁目瞪口呆。

穿著紫色的條紋長袖，外面罩著藏青色的西服背心，搭配看似舒適的黑色長褲。右手拿著大把羽毛扇，左手握著閃閃發光的金色懷表……但這些都不重要，重要的是他（或者是她）全身覆蓋著在這個現場顯得無比突兀的雪白毛皮，頭上長著兩隻只能以刻意來形容的「耳朵」。

「兔子？」

大山尖著嗓子只說了這句。沒錯，是兔子。大概是穿上玩偶裝吧？不管怎樣，他（或者是她）那一身打扮看在警察眼裡都太荒唐了。只見他（或者是她）踩著蹦蹦跳跳的腳步，自顧自地走向廢墟。

連忙望向周圍的刑警，發現除了我們三個人以外，沒有其他人注意到兔子。

「喂，這、這下子該怎麼辦？」

事發突然，連瀨島也不知所措，說話怪腔怪調。

就算是恐怖分子的成員……這打扮也太瘋狂了。不過，黑色三角板向來不按牌理出牌，也是眾所周知的事。

「先、先追上去再說。」

我邁開腳步，追向那隻兔子，瀨島和大山也跟上來。

其他刑警還渾然未覺。我們不由自主地奔跑著，跟在穿著西服背心，用兩條腿蹦蹦跳跳的兔子身後。

兔子輕搖羽扇的模樣雖然滑稽，腳步卻比真正的兔子還要輕盈，逐漸與我們拉開距離。沒多久，當我們追到散發出鐵鏽味的廢墟入口時，已經完全跟丟那隻兔子了。

「跑進去了嗎？」

瀨島追上來，上氣不接下氣地問道。

「不知道。可能繞到後面去了。」
「我從這邊包圍。」
「了解，那我從這邊。」
瀨島與大山自作主張地繞到工廠後面。
只剩我留在原地，眼前是工廠內伺機而動的黑暗……敢情是要我進去嗎？
我調勻呼吸，取出對策本部配給的手電筒打開，帶點藍色的強光照亮了潮濕的廢棄工廠內部。散落滿地的玻璃、金屬片、垃圾，擺得雜亂無章的大型機械靜靜地被鐵鏽腐蝕，讓人聯想到死亡。
我在被機械包夾的冰冷空間裡前進，發出咯噠、咯噠的腳步聲。才走了十步左右，就停下腳步，令人毛骨悚然的死寂將我包圍。
豎起耳朵，什麼也聽不見。環顧四周，別說是兔子，就連黑色三角板製造殺人撲克牌的痕跡也沒有。
在這裡製造殺人撲克牌果然是騙人的嗎？……話說回來，剛才那隻兔子又是什麼呢？

正當我打定主意先離開這裡再說的同時，卻在旁邊的輸送帶上發現奇怪的東西。那是一本很舊的書——這種地方怎麼會有書？

走過去拿起來一看，發現書名磨損厲害，無法辨識。靠著手電筒的光線，只見動物們簇擁著一位裙裝少女的圖畫，看起來像是童話故事。

我產生了莫名的興趣，在好奇心的驅使下，坐在輸送帶上看了起來。

啪啦。紙張發出相隔多年再度被翻開的聲音。

「沒有時間了！」

突如其來的巨大音量令我大吃一驚，從書本上抬起視線。

兩隻烏溜溜的大眼睛就在離我面前只有幾公分的地方。

「哇！」

「沒有……」

倒三角形的黑色鼻子與向外突出的兩根門牙——當我發現是剛才的兔子時，長滿白毛的雙手已經抵在我胸前。

「時間了！」

咚！兔子朝我胸口一推，我整個人往後仰，跌向輸送帶的另一邊。

……還以為會馬上撞到地板，但是並沒有。

難道是個又大又深的洞嗎？我的身體不停不停地往下墜落。

10　不可思議王國的愛麗絲

到底經過了多久呢，當我醒來，人已經在某個西式房間裡了。

天花板很高，房間也很寬敞，我再次閉上雙眼，開始思考發生了什麼事。

感覺不太對勁。我掉下來的時候應該還不到凌晨一點，但是這個房間很亮，雖然完全看不到窗戶……

「武藤警官，你看。」

熟悉的聲音令我猛然坐起。

四隻腳的白色圓桌，面對面地擺了兩張椅子，濱村渚就坐在其中一張椅子上。身上不是平常的西裝外套，而是淺淺的粉紅色，到處點綴著蕾絲，宛如歐洲貴族名媛穿的洋裝。

「濱村同學，你那身打扮是怎麼回事？」

「我穿的是愛麗絲的服裝，好看嗎？」

「很好看喔。」

話雖如此，但我總覺得怪怪的。雖然那件衣服古典歸古典，但設計得很可愛。

「可是尺寸有點太大了。」

濱村渚捲起袖子，左手有些羞怯地撥弄劉海。

「啊，比起衣服的事，這裡是哪裡。」

「請你先坐下來吧。」

我依言站起來，在她對面的椅子上坐下。

小巧的圓桌上放著她的櫻桃筆記本、餅乾罐、還有我在工廠的黑暗中找到的陳舊童話書。

「這本書……」

「這是《不可思議王國的愛麗絲》。」

因為太暗，在工廠裡看不清的書名欄裡，現在這麼寫道……嗯？

「這裡有一句這樣的台詞。」

濱村翻開書，並未留意我那微不足道的疑問。鉛字羅列在泛黃的老舊紙張上，其中有一部分用紅筆畫線的文章，是主人翁——愛麗絲的台詞。

『不然來考考自己記不記得以前學過的事好了。我想想，4×5＝12、4×6＝13、4×7＝……天吶、天吶！照這樣乘下去，永遠都不會變成20。』

我看過這個童話故事嗎……至少我不記得這段台詞。這到底是怎麼回事。

「武藤警官，你怎麼看？」

「好奇怪的計算。」

我老實地回答。

「是不是愛麗絲記錯了？」

「記錯了吧。因為4×5＝20不是嗎？」

這麼簡單的九九乘法任誰都會背。

於是乎，濱村渚露出愉悅的笑容說：

「你是指『十進制』吧。」

「欸？」

「『十進制』的話，4乘以5確實會變成『二、零』。『十位數有兩個數字，可是個位數一個都沒有』。」

……什麼意思？

「如果是『十八進制』呢？」

「『十八進制』？」

我盯著寫在筆記本上的『12』開始思考。

如果是『十八進制』，第二個位數就會變成『十八的值』，換算成『十進制』的話，

『12〔十八進制〕＝（18×1）＋（1×2）＝20〔十進制〕』

的確會變成20這個數字。

「原來如此，原來是『十八的位數有一個數字，而且個位數有兩個數字』啊。」

我忘了自己正置身於莫名其妙的狀況，專心做數學。

「沒錯。同樣的道理，4×6＝13也以『二十一進制』來思考的話……」

濱村渚揮舞著粉紅色自動鉛筆，繼續解釋。

『13〔二十一進制〕＝（21×1）＋（1×3）＝24〔十進制〕』

「瞧，正好跟『四六二十四』的數字一樣。」

原來如此。乍看之下毫無邏輯可言的數式，只要改變進位的方法，就能變得正確了。

「可是照這樣變換下去，要到什麼時候才會變成『20』呢？」

只見濱村渚雙唇微啟，興沖沖地寫下一堆算式。

『4×7＝14〔二十四進制〕』，『4×8＝15〔二十七進制〕』，『4×9＝16〔三十進制〕』，『4×⑩＝17〔三十三進制〕』

「啊，這個⑩是指用『十進制』表示『10』這個數字。」

「嗯，我知道。」

我也漸漸掌握住這種感覺了。一旦超過『十一進制』，可以放入每個位數的數字也會變得愈來愈多，所以必須要有新的數字來代表超過『十進制』的『10』所能表現的數字。換句話說，這個⑩是指「一個位數的數字」。

濱村渚滿意地點點頭，寫下新的算式，每次都為『n進制』的n再加上3。

『4×⑪＝18〔三十六進制〕』，『4×⑫＝19〔三十九進制〕』

「差不多了，接下來會怎樣呢？」

我想想，以此類推下來，應該是『4×⑬＝20〔四十二進制〕』……

「啊！」

我不由得大叫起來。因為我發現到這個算式有一個很大的謬誤。

「沒錯，武藤警官。4×⑬，也就是以『十進制』表示為『52』的數字，換算成『四十二進制』並不是『20』。」

有道理。因為『四十二進制』包含了從0開始的四十二種數字。也就是說，在『9』以後還有三十二個可以放入第一個位數的數字。

「既然如此，那正確的算式是？」

「會變成這樣。」

『4×⑩＝1⑩〔四十二進制〕』

粉紅色自動鉛筆寫下來的算式吸引住我的目光。這真是個不可思議的世界。過去的數學常識正逐漸傾倒坍塌。但真正令我驚訝的還在後頭。

「武藤警官，這麼一來就永遠都不會變成『20』對吧。」

「欸？……哦，原來是這麼回事啊！」

隨著『四十五進制』、『四十八進制』……亦即『n進制』的n每次加3，數字的種類會愈來愈多。由此可知，『20』這個相當於『n的位數有兩個數字』的數值當然也會愈來愈大，把前面的計算結果拋得愈來愈遠。

如此一來的確永遠都無法變成『20』。

「愛麗絲說的一點都沒錯，不僅沒錯，還準確地表達出n進制的有趣之處。」

「原來如此。」

我還以為只是單純的童話故事，沒想到居然藏著這樣的祕密。《不可思議王國的愛麗絲（不思議な国のアリス）》真是不容小覷。啊，這麼說來……

「濱村同學。」

睫毛纖長的雙眼皮大眼轉向我。我提出一開始就覺得很奇怪的問題。

「不是《不可思議王國的愛麗絲（不思議な国のアリス）》，而是《愛麗絲夢遊仙境（不思議の国のアリス）》吧？」

於是她盯著天花板，稍微思考了一下，再次看著我的臉。

「但若是《愛麗絲夢遊仙境（不思議の国のアリス）》……那不就行不通了嗎？」

此話怎講？

我也不好再反問她，感覺像是自己一個人被留在大得不知所謂的房間正中央。

「武藤警官，現在幾點了？」

濱村突然問我。我望向自己的左手，手腕上戴著一只跟平常戴的不一樣，沒見過的黑色手表。

「九點整。」

「九點是嗎？」

她的左手腕也戴著一只沒見過的粉紅色手表。她用右手轉動手表的指針，與我對時。然後拿起餅乾罐裡只剩下一片的餅乾，開始吃了起來。餅乾屑屑掉滿地。

「那麼，請你來追我吧。」

濱村渚吃完餅乾，瞇起眼睛，展現魅力十足的笑容。

「什麼意思？」

「……」

濱村笑而不答，身影在我面前逐漸消散。

「濱村同學？」

濱村渚像一陣煙消失了。

不合身的愛麗絲服裝、粉紅色的髮夾、封面是櫻桃圖案的那本記算筆記也都跟著她一起消失了，只留下她的『微笑』。我看過很多次濱村渚不笑的模樣，這還是第一次看到濱村渚本人不在的『微笑』。

我真的被留在原地了。

等了好一會兒，看自己會不會也跟著消失，但果然毫無變化。最後一片餅乾被她吃掉了，所以這會兒什麼也沒留下。無可奈何地四下張望，四面都是雪白的牆壁，完全找不到出口，我被困住了。

要怎麼離開這裡。話說回來，我是怎麼進到這個房間裡的？

就在這個時候，我發現房間角落有個小小的咖啡色箱子。

原本還以為很小，走近一看發現其實還滿大的，約莫有微波爐那麼大。

蓋子上畫了三個紅色的圓形，下面有一行白字。

『只要吃掉不是同類的東西，就可以出去了。』

我膽戰心驚地打開蓋子，裡頭是非常不可思議的組合。

有四個白色的小碟子，碟子上分別是生的茄子、包在堅硬毬果裡的帶殼栗子、調味過的海苔以及五寸釘。

這四種東西裡面有跟其他三種不一樣的東西嗎？

茄子、栗子、海苔、釘子……哪種跟其他三個不一樣呢？該吃哪個才好呢？

這還用說嗎？管他是不是跟其他三種不一樣，裡頭能吃的東西就只有一個。

我沒怎麼猶豫，就伸手拿起調味過的海苔。

11 口罩店老闆的茶會

回過神來，我已經含著海苔，站在森林裡了。眼前是一條細細的羊腸小徑。

雖然感覺氣氛昏暗，但那是因為四周長滿枝繁葉茂的大樹，其實太陽已經出來了。看樣子與瀨島、大山在廢工廠走散後已經過了好幾個小時。看了黑色的手表一眼，指著九點四十分。問題是就連這個時間到底正不正確也還是個未知數。

總之一直杵在這裡也不是辦法，我咬碎海苔，走向眼前的小徑。

這裡到底是哪裡？我為什麼會在這裡？還有，濱村渚消失到哪裡去了……愈想愈覺得匪夷所思。

「沒有時間，沒有時間了！得去見Cutie Euler才行！」

突然有個似曾相識的聲音從背後逐漸靠近。Cutie Euler？

條件反射回頭看，那隻穿著西服背心的兔子正搖著扇子，蹦蹦跳跳地衝過來。速度飛快，一下子就跑到我面前。這條路狹窄得只能讓一個人勉強通過，我閃避不及。

「等、等一下！」

就快要撞到我的前一刻，兔子縱身一躍，輕巧地跳過我，華麗地著地後大喊：「得去見 Cutie Euler 才行！」就這麼蹦蹦跳跳地跑走了。

「等一下啦！」

他（或者是她）可能是黑色三角板的恐怖分子，我趕緊追上去，想要攔住兔子。說不定兔子知道 Cutie Euler 在哪裡。

一蹦，一跳……蠢到爆炸的跑步姿勢，但速度非常快，根本追不上，距離愈拉愈開。

我死心地停下腳步，又追丟那隻兔子了。

邊調節呼吸，邊緩慢前行。

走著走著，眼前出現一條岔路，有個一身白的男人坐在岔路的正中央。一時還以為是那隻兔子，但並非如此。那是個帽子、襯衫、長褲、鞋子全都是白色的男人，低著頭，坐在木樁上，狼吞虎嚥地吃著某種綠色的東西。

走近一看，被眼前的異樣光景嚇得止步不前。

「請問……」

他全身上下都纏著無數的白線，就連腳尖也覆滿細細的白線，看不出從哪裡開始是地面。

「什麼事？」

男人狼吞虎嚥地吃著不知道是什麼植物的葉子，把臉轉向我。眼眶底下的黑眼圈重得令人於心不忍。

「請問兔子來過這裡嗎？」

「兔子？」

男人反問，吞下葉子，口中吐出好幾條白線，我下意識地躲開。

「沒有。」

男人邊回答，邊把剛從口中吐出來的白線纏在自己手上。他那樣子……

「你也要去 Cutie Euler 的撲克牌大賽嗎？」

Cutie Euler的名字令我繃緊神經。兔子和這個纏滿白線的男人大概都是黑色三角板的人。眼下最好順著他的話說下去。

「呃，對呀。你呢？」

「我被排除在外了。」

男人一臉哀戚地說，再次吐出好幾條線。定睛一看，具有光澤的線很漂亮。

「連這裡也不要我。」

「什麼？」

「我以前在補習班教數學，可是自從大學不再考數學以後，我就失業了。我想發揮自己的能力，所以加入組織，可是連這裡也不要我。」

就連黑色三角板也不要他啊。

「那裡也不要我，這裡也不要我。既然如此，乾脆真的做個繭，把自己封閉起來好了。」

「繭？」

「你真是個死腦筋，當然是指蠶繭啊。」

哦，原來如此。我也漸漸習慣這個世界了。

「你也吃一點吧？」

蠶繭男遞給我一片桑葉。身旁的籃子裡塞滿了大量的桑葉。

「不用了。我剛吃過海苔。」

「真是的，年輕人都這麼不給面子嗎，剛才經過的小女生也是。」

「小女生？」

我把臉湊近慢條斯理地繼續吃桑葉的他。

「那個小女生是不是個子很嬌小，穿著綴滿蕾絲的衣服，夾著粉紅色髮夾？」

蠶繭男乾脆地點了點頭。

「什麼時候？」

「距離現在二十分鐘以前，所以是九點三十分吧。」

我看表，剛過九點四十六分。

「她往哪裡去了？」

鬣蘚男用纏滿白線的手指著右邊的路。

「口罩店老闆的家。」

我向他道謝，往右邊前進。

Σ

口罩店老闆的家位於森林裡突然開展的遼闊空間。院子好像鋪了草皮，呈現人工的黃綠色。擺了張貌似可以坐上十幾個人的大桌子，還備有好幾套茶具和點心。

準備得這麼盛大，實際上卻只坐了兩個男人和一個女人。我走向他們。

我一眼就看出正中央的男人就是口罩店老闆，因為他嘴巴上罩著大大的口罩，臉色看起來好像生病了。

「那個，請問一下……」

「你要問 Cutie Euler 的撲克牌大賽嗎？」

坐在口罩店老闆的左側，表情正經八百，穿著皮夾克的男人打斷我說的話，聲音聽起來不高也不低。下巴長滿狂野的鬍碴，眉頭深鎖，輪廓很深，年紀坐三望四，散發出一股成熟的味道，但是不知怎地戴著一頂有兔子耳朵的咖啡色帽子，真是失敗的搭配。

「啊，不是，我在找一個小女生。」

我解釋，但他也不回答，擲出手中正十二面體的骰子。骰子轉了好一會兒，『8』的那面朝上停止轉動。男人見狀說：

「我是八月兔。」

「哎，好睏。」

這次換右邊角落穿著土黃色襯衫的女士開口。彷彿熬夜通宵過的眼睛紅通通。

「今天特別睏！」

女士邊吶喊邊用力甩頭，甩去睡意，開始用手中的羽毛筆不知在眼前的桌布上計算什麼。仔細一看，上頭畫著座標平面與 $x=\frac{1}{2}$ 的直線。

「她叫作宮崎山根，別介意，坐吧。」

我照八月兔所說，在他們對面坐下。

「咳！咳咳！」

口罩店老闆突然咳起來，他好像真的感冒了。

「肉再……加上什麼……會變成松鼠嗎？」

他邊咳邊說。奇妙的腦筋急轉彎。這個不可思議的世界或許是由腦筋急轉彎構成的。肉再加上什麼會變成松鼠嗎……？

「會。」

宮崎山根以幾乎快要睡著的音調回答。明明剛才還為了保持清醒努力計算，寫到一半的「ζ（zeta）」卻已經歪七扭八了。

「肉再加上什麼就會變成松鼠？」

「這不是廢話嗎。」

八月兔百般聊賴地啜飲著紅茶。也不給我思考的空間，三個人就自顧自地結束這個話題，而且答案還不清不楚的，就連是不是答案也很難說。

「你看起來好像沒帶口罩呢。」

冷不防，八月兔瞪了我一眼。

口罩店老闆一邊咳嗽，窸窸窣窣地掏出三個防毒面具放在我面前。

「如果要去 Cutie Euler 的撲克牌大賽，沒有這個可不成。」

腦海中閃過兩隻小老鼠在殺人撲克牌的毒氣下痛苦掙扎著死亡的模樣，沒戴防毒面具在這個世界晃來晃去的確很危險。

「那個防毒面具可以給我嗎？」

提心弔膽地問道，三個人突然笑了。

「哈哈哈哈……咳、咳咳！」

口罩店老闆夾雜著咳嗽的笑聲尤其刺耳。我逐漸失去耐性。什麼嘛，雖然早就領教到了，但這群人真的太莫名其妙。

「話說回來，黎曼猜想好難啊。」

宮崎山根邊說邊揉著紅通通的眼睛，開始用筆在手邊的咖啡杯上寫起公式。

「乘上兄長會變成什麼嗎？」

口罩店老闆又開始說起腦筋急轉彎。

「會呀。」

宮崎山根回答。咖啡杯已寫滿質數。

「正確地說是乘以兄長。」

八月兔聞言皺眉。

「不對，是與兄長相乘才對。」

「喔喔喔！喔喔！」

啪啪！口罩店老闆以難以想像是病人的敏捷動作張開雙手，在魚板般的大口罩上方之雙眼眨了又眨，讓另外兩個人住嘴。

「你們兩個都說得太過分了。」

「失禮，失禮。」

「抱歉，抱歉。」

完全不理會呆若木雞的我，兩人不好意思地道歉。到底怎麼了？

就在這個時候，我望向右手邊的座位，桌上散落著餅乾類的屑屑，不僅證明剛才有人坐在這裡，她還在這裡吃過餅乾，而且吃得到處都是……

「剛才是不是有個小女生坐在這裡？」

我有些激動地問他們。

「哦，有啊。」

回答我的果然還是八月兔。

「是個年紀雖小，頭腦卻相當靈光的小女生，好像才國中二年級呢。」

是濱村渚！

「她什麼時候來的？」

「距離現在三十分鐘以前，大概是十點十分。」

我看表，現在是十點三十七分。

「她該不會也要去 Cutie Euler 的撲克牌大賽吧？十一點半準時開始。」

既然如此，現在可不是跟這群人聊天的時候。眼角餘光瞥向宮崎山根，只見徘徊在夢境與現實之間，拚命思考難題的她已經翻著白眼，滴著口水睡著了。

「謝謝。」

「咳、咳咳！喂！」

我一站起來，口罩店老闆就一面咳嗽一面叫住我。

「這個比防毒面具更符合你的需要。」

他扔給我一個好像墨西哥摔角選手戴的，紅布上有金色刺繡的摔角手面罩。

100 期末考，開始

眼前矗立著巨大的鐵閘門，高度大概有我身高的兩倍，閘門上鑲嵌著

♡及♠的雕刻，塗上紅色、黑色、白色的油漆。因為沒上鎖，看似用點力就能輕易推開，但是我被其壯麗的程度嚇到，呆愣了好一會兒。口罩店老闆告訴我，這裡是 Cutie Euler 的家。

看了看黑色的手表，就快要十一點三十分了。我鼓起勇氣，雙手伸向鐵門。

嘰嘰嘰嘰。

門縫愈來愈大，寬敞的空間映入眼簾，遠方有一棟紅瓦白牆的洋房，眼前寬敞的空間大概是庭院吧。

我踏出一步，不一會兒就留意到異樣的光景。

被高聳石牆圍繞的空間約莫有小學操場的大小，地上鋪滿紅色磚塊，磚塊上則散落著無數的撲克牌，而且撲克牌大得非比尋常，每張都大概有一塊榻榻米那麼大。

不見半個人影。明明一點風也沒有，我卻感到背脊發涼。

我再往前跨出一步，走向散落地上的一張撲克牌，是♢7。

咻。

「哇！」

我失聲驚呼。因為◇7突然飄起來，擋在我面前。

原本以為是撲克牌，沒想到◇7居然是人。

「你是誰？」

「欸？」

與撲克牌化為一體的白臉男人質問我。

「我問你是誰。」

◇7大聲地說，散落一地的其他撲克牌似乎也察覺到異常，紛紛站起來，轉眼間便將我團團圍住。

「撲、撲克牌大賽……」

我好不容易擠出這句話。

「你說什麼？」

「我聽說撲克牌大賽十一點三十分準時開始，所以才來的。」

「十一點三十分準時開始……？」

撲克牌開始竊竊私語，♠、♡、♣、◇……每張撲克牌都一臉不明就裡的表情。

我又看了一下手表，分秒不差，正好是十一點三十分。

「不是『十一點三十分準時開始』，而是『十一點半準時開始』吧？」

♡8皺著眉頭看我。

「抓住那個男的！」

耳邊傳來嘹亮的女聲。

與此同時，有人從兩邊架住我。明明打扮成撲克牌的樣子，動作還挺敏捷的。

撲克牌大軍讓開一條路，一位妙齡女子朝我迎面走來。

「撲克牌大賽中止了。」

黑色短髮非常適合她那張稚氣未脫的臉，頭上戴著點綴著好幾顆紅心的皇冠，輪廓略方，闊嘴與圓滾滾的眼眸令人印象深刻。毫無疑問，這個人就是Cutie Euler，皆藤千奈美。

然而令人驚訝的是她的穿著。

熱褲底下大方露出修長白皙的雙腿，套著一件純白外套，外套下面是件短T，T恤下襬拉高，緊貼著胸線下方打了個結，不設防地展現出雪白細緻的腹部。白T的胸口，則印有謎樣的數學公式『$e^{i\pi} = -1$』。

「就是這個人嗎？」她問站在一旁的男人，我認識那個男人。

身上纏滿蠶絲，狼吞虎嚥地啃著桑葉——是我在岔路遇到的蠶繭男。

「沒錯，就是他。」

蠶繭男避開我的視線。原來是他洩露我來這裡的情報。

雖然搞不太清楚狀況，但包圍我的無疑是恐怖分子。他們大概發現我是警方的人了。

既然如此，濱村渚呢？難不成已經被抓了。

「Cutie Euler，看在我這次的貢獻份上，可以再雇用我一次嗎？」

「嗯，我會考慮。」

「拜託你了。」

「嗯，你可以回去了。」

Cutie Euler 意外乾脆地打發蠶繭男。只見他可憐兮兮地拖著口中吐出的蠶絲，退回鐵門的方向。

「接下來，」

Cutie Euler 將臉湊到我面前……太近了。近到讓我聞到一股哈密瓜般新鮮甜美的香味。

「未定義的臉。」

從氣氛感覺得出來，她的意思是指沒見過的臉。

「喂。」

見我默默無語，她向某人打了個暗號。耳邊傳來窸窸窣窣的聲響，♠A從後面拿了一個跟這個世界完全搭不上邊的壽司桶過來。

「你知道這是什麼嗎？」

我戰戰兢兢地探頭一看。鮪魚、鯛魚、花枝、蛋捲……裝滿了美味的握壽司。

「壽司？」

應該不會錯。只見 Cutie Euler 咧開大嘴，露齒一笑。

「真可惜，這是『握壽司』喔。」

還不是一樣……嚴格來說，「壽司」還包括散壽司或手捲，所以的確是「握壽司」比較正確，但這不是值得被雞蛋裡挑骨頭的問題。

「你在想『還不是一樣』吧？」

她彷彿看穿我的心思，神采飛揚地說。

「這就是你跟我們不是同一國的證據喔。」

什麼？我完全不懂她的意思，但好像也無法狡辯。

「『壽司』可以分解為二，『握壽司』可以分解為六。」

按住我右手的◇7突然喃喃自語。

又是腦筋急轉彎。這個不可思議的國度充滿了腦筋急轉彎。

「哈哈，要使用那邊的數字嗎？」

Cutie Euler又說了莫名其妙的話，伸手探入熱褲的口袋裡，拿出畢達哥拉斯博士在「Zeta Tube」給我們看過的殺人撲克牌。

「你知道嗎？這是我做的喔。」

疊在她右手上的撲克牌看起來似乎已經發出陣陣殺氣。

「還沒試過對人類是不是也有效。」

光聽這句話，就知道是什麼意思了。她打算殺了我。

孩子般嘹亮的嗓音。女高中般稚嫩的娃娃臉。儘管如此，她也是畢達哥拉斯博士的爪牙，是數學恐怖分子……而且還有著公費留學的夢想被破壞的過去，是最憎恨政府排除數學運動的人。

「這樣好了，只要你能答對我接下來出的腦筋急轉彎，我就饒你一命。不過，要是答不出來，就要變成我的實驗品喔。」

我被撲克牌人團團包圍，無路可逃，自然也沒有選擇的餘地。

Cutie Euler再次把臉湊向我面前，距離近到彼此的鼻尖幾乎要碰在一起。

接著她從閃著粉紅色光澤的雙唇間吐露出帶有哈密瓜香味的腦筋急轉彎——那是我在這個國度裡聽到的最不可思議的腦筋急轉彎。

「分解『握壽司』會出現什麼動物？」

急死了。感覺連腦子裡都在流汗。

「賭上性命的腦筋急轉彎。哈哈，這才是真正的期末考。」

Cutie Euler 天真爛漫地笑著說。

「限時一小時。預備，開始！」

黑色手表指著十一點四十分。

Σ

我立刻被帶到屋子裡，監禁在大房間。一整牆都是巨大的書櫃，散發出陳舊氣息的書背在書櫃上排排站。沒有窗戶。房裡除了我沒有其他人，但是門外面肯定有好幾個撲克牌士兵負責看守。

分解『握壽司』會出現什麼動物……光是這種思考邏輯就已經夠奇怪了。

我先在房間裡走來走去，隨即放棄，在書櫃前的椅子坐下。手肘撐在桌上，抱著頭。這時，我發現自己看過這張桌子。

腳細細的白色桌子。我剛闖進這個不可思議的國度時，一開始放在偌大房間裡的桌子。為什麼會出現在這個地方？

與此同時，巨大的門開了條縫，有個人探頭進來。

「咳！……喂。」

口罩店老闆滿頭大汗、氣喘如牛地靠在門上說，一副隨時都要昏倒的模樣。

「你忘了這個……我給你送來了。」

他並未進屋，只從門縫裡丟給我一塊紅布。我沒接到，輕飄飄地掉在地上。是那個好像墨西哥摔角選手戴的大紅色面罩。

「我不需要。」

「拿著。」

口罩店老闆沒好氣地說完，「啪嗟！」一聲地輕輕關上門。咳嗽聲在門的另一邊持續響起好一陣子——這玩意兒根本派不上用場，白白浪費我寶貴的時間。

「派得上用場喔。」

聲音這次是從房間裡傳來的，嚇得我心臟差點跳出來。房裡應該沒有其他人才對。

然而驚嚇在下一瞬間就轉變為安心。

「濱村同學！」

不知在何時，濱村渚竟然又坐在我對面。穿著過大的愛麗絲衣服，連櫻桃筆記本已經準備好在桌上了。

「武藤警官，時間果然有出入呢。」

什麼意思？不，這不重要……

「濱村同學，沒有時間了。『分解握壽司……』」

「『會出現什麼動物？』」

濱村了然於心地微笑。真是太可靠了。

「這裡的分解，指的是質因數分解。」

「質因數分解？」

「沒錯。將自然數拆解成由質數構成的乘法算式。比如說，以54這個數字為例……」

自動鉛筆與往常無異地在筆記本上穿梭來去。好懷念的數學時間。

『$54 = 2 \times 3 \times 3 \times 3$』

「可以像這樣分解成四個數字。」

「但是『握壽司』又不是數字。」

「武藤警官。」

濱村打斷我，粉紅色自動鉛筆壓在筆記本上，縮回筆芯後，放下。感覺她跟平常有點不太一樣。這樣就算完了嗎？

「如果是『n進制』，需要n個數字吧？」

「咦？……嗯。」

「可是，哪個數要用哪個數字是個人的自由喔，就算不是過去使用過的數字也無妨。」

濱村渚跳下椅子，撿起口罩店老闆丟進來的紅色面具，盯著面具陷入沉思，然後緩緩地將其戴在自己臉上。

「等、等一下，你在做什麼？」

還穿著愛麗絲的服裝，濱村已經戴上面具。迷濛的雙眼從面具裡面凝視著我。那面具的浮誇外觀宛若墨西哥摔角選手……正是所謂的「蒙面摔角手」。

「武藤警官，我想去岐阜。」

她突然說什麼？

「可是，再這樣下去的話，永遠也到不了岐阜。」

好像在哪裡聽過這句話。

那一瞬間，所有在這個國度體驗過的腦筋急轉彎在我腦子裡跑來跑去，連成一線。

『茄子、栗子、海苔、釘子……哪種跟其他三個不一樣？』

『肉再加上什麼會變成松鼠？』

『與兄長相乘會變成什麼？』

『壽司可以分解為二，握壽司可以分解為六。』

『永遠也到不了岐阜』

這些聽起來莫名其妙的腦筋急轉彎，全都有一個秩序！……接下來只要答出是幾進法，以及哪個是什麼數字即可，但我答得出來嗎？

「武藤警官，我的筆記本和自動鉛筆借你。」

濱村渚看見我的表情，滿意地說。

「濱村同學呢？」

「武藤警官，在數字的世界裡，存在與不存在的記號會依n進制而異，就連我自己存不存在都不確定不是嗎。」

這種充滿哲學意味的話實在不像是國中生會說的。我才剛開始有點似懂非懂，濱村渚的身影突然變淡。

回過神來，她已經消失了，紅色面罩掉在地上。或許不偏不倚地落在口罩店老闆丟進來的位置也說不定。

櫻桃筆記本和古老的書還留在桌上，書名是……

「啊！」

看到那本書的書名，我忍不住驚呼出聲。伸手拿起粉紅色自動鉛筆。彷彿在深不見底的深淵裡看見一絲光線。

101 濱村渚夢遊仙境

黑色手表指著十二點四十分，給我的一個小時到了。

我被帶到正方形的房間，依舊沒有窗戶。除了黃色的門以外，牆邊擺滿椅子，撲克牌人全員集合，我就算想逃跑，肯定也會馬上被抓住。

房間正中央有張玻璃圓桌，花瓶裡插著一朵紅色玫瑰花。我隔著那張桌子，坐在其中一張沙發上。

環顧圍著我的撲克牌，發現唯獨少了♡Q，難不成Cutie Euler自己就是♡Q嗎。

視線接著落在地毯上，仔細觀察地毯的花紋，確定在♡或♠等撲克牌的圖案裡夾雜著兩片三角板重疊的記號。

我突然不安起來，眼前的櫻桃筆記本和粉紅色自動鉛筆成了我唯一的依靠。

不管怎樣，至少答案已經出來了，接下來只能祈禱答案是正確的。

「讓你久等了。」

Cutie Euler以嘹亮的嗓音推開黃色的門走了進來。

擺動著修長雙腿，如模特兒般扭腰擺臀地走來。脫去剛才的長版外套，只穿著熱褲和短T，打扮得相當休閒。如此一來，閃閃發光的皇冠彷彿懸在頭髮上，與拎在左手的防毒面具卻十分相襯，呈現出不可思議的整體感。

她在我對面的沙發上坐下，頓時傳來陣陣哈密瓜的香味。

「來吧……啊，還沒請教你的大名呢。」

玻璃桌上放了一組撲克牌。是殺人撲克牌。

「我叫武藤龍之介。」

「你是警方的人嗎？」

「對，我是。」

事到如今，只能豁出去了。

「警方的人要是成為殺人撲克牌第一位被害者，大概會震驚社會吧。」

話說得冷酷無情，卻是笑得天真爛漫。她的精神沒問題嗎？

「畢達哥拉斯博士會稱讚我嗎？」

「……………」

白皙的手指撫摸著殺人撲克牌最上面的牌。我一時盯著她的手指看得出神。

「那麼武藤先生，請你作答。」

Cutie Euler將防毒面具放在大腿上。終於要開始了。

停頓了一拍，光燦耀眼的唇瓣再次冒出那個腦筋急轉彎。

「分解『握壽司』會出現什麼動物？」

她的左手已經抓住防毒面具，孩子氣的臉上確實暗藏著殺氣。

我做好必死的心理準備。這裡是數學恐怖組織的大本營，要讓她心服口服，只能靠數學。

「是獅子。」

我說出答案。

「…………」

令人窒息的沉默。獅子在我腦海中嘶吼，百獸之王的咆哮從未聽起來如此靠不住——我答對了嗎？

耳邊傳來坐在牆邊的撲克牌人交頭接耳的竊竊私語聲。

「啊……」

有人喃喃低語。

「答對了。」

「吵死了！」

咻！

Cutie Euler抄起一張殺人撲克牌，射向聲音的來處。撲克牌破空而去，不偏不倚地命中♣3的額頭。♣3血流如注，從椅子上滑落。

「答對了，答對了。」

撲克牌人語帶焦躁地騷動起來。

「或、或許只是瞎貓碰上死耗子也說不定！」

Cutie Euler從沙發上站起來，大聲宣布。語聲未落，室內已經籠罩在恐怖的寂靜裡。

「武藤先生，請你說明一下！」

她也確實難掩焦躁。

「這本書的書名說明了一切。」

我充滿自信地拿出藏在懷裡的《不可思議王國的愛麗絲（不思議な国

のアリス）》。

「這是這個國家的數字吧。」

Cutie Euler 的表情不甘心地扭曲。看來我真的答對了。

我之所以能留意到這點，多虧濱村渚消失前一刻戴著紅色面罩說的話「永遠也到不了岐阜（ぎふ）」。我剛闖入這個世界的時候，和濱村討論過愛麗絲的台詞「永遠都不會變成20」的謎團。於是我假設「岐」與「2」對應、「阜」與「0」對應。

然後看到桌上《不可思議王國的愛麗絲》，一切都連起來了。不僅連起來了，數了數書名的字，覺得自己真是太幸運了。因為我知道這個莫名其妙國度的腦筋急轉彎，其實也採用了『十進制』。

——『不可思議王國的愛麗絲（不思議（ふしぎ）な国（くに）のアリス）』剛好對應了『0123456789（ふしぎなくにのありす）』。

所以不能是『愛麗絲夢遊仙境（不思議（ふしぎ）の国（くに）のアリス）』，因為如果是『愛麗絲夢遊仙境』，同一個日文假名「の」會出現兩次，代表要以同一記號顯示不同數字，這是行不通的。

注意到這點後，我開始在櫻桃筆記本上依序寫下一路上聽到的腦筋急轉彎。如果是『十進制』還難不倒我，跟「覆面算」沒兩樣。（註：「覆面算」是用文字或符號來取代0至9的數字，計算那些文字或符號所代表的數字或意義）

首先是分類的問題。

『茄子』『栗子』『海苔』『釘子』各自是『39』『48』『68』『42』。裝著這些東西的箱子上確定畫了三個圓形。唯一與其他三者不同的是無法被3整除的數字，也就是『海苔』。

接著是口罩店老闆出的題目。

『肉再加上什麼會變成松鼠？』……『肉』『什麼』『松鼠』各自是『54』『35』『89』。也就是說，『54＋35＝89』的算式成立，所以『肉再加上什麼會變成松鼠』。

口罩店老闆的第二個問題『與兄長相乘會變成什麼？』也是『兄』與『長』相乘會變成『什麼』……換句話說，『7×5＝35』。

最後是 Cutie Euler 的腦筋急轉彎。

『壽司（すし）可以分解為二，握壽司（にぎり）可以分解為六』……這很明顯是指『91 = 7×13』與『528 = 2×2×2×2×3×11』。

至於『分解握壽司會出現什麼動物？』的腦筋急轉彎，只要將上面的數字置換成這個國家的數字就能回答得出來。『2×2×2×2×3×11』會變成『ぎ×ぎ×ぎ×ぎ×な×しし』，所以答案是『獅子（しし）』。

我讓她看我用粉紅色自動鉛筆寫在櫻桃筆記本上的這些數學算式，結束說明。Cutie Euler 從我說明到一半的時候就窩在沙發裡，毫不掩飾臉上不開心的情緒。周圍的撲克牌人全都捏著一把冷汗，靜觀其變。

令人窒息的沉默又持續了好一會兒。

「這些啊……」

Cutie Euler 開口，右手沉不住氣地摩挲大腿。

「是你自己想的嗎？」

圓滾滾的眼眸似乎捕捉到我臉上的困惑。

「難道沒有人給了你太多的提示嗎？」

香甜的味道飄搖著，Cutie Euler 倏地起身，再度以目光掃射周圍的撲克牌人。

剛才陣亡的♣3還倒在地上，額頭依舊血流如注。沒有人敢違抗她。

「算了。」

Cutie Euler 以輕佻的口吻說，拾起放在沙發上的防毒面具，戴到臉上。露出修長的雙腿和小腹，卻戴著防毒面具。

當著大驚失色的我，Cutie Euler 從桌上拿起整疊殺人撲克牌，難不成……

卡嚓、卡嚓。撲克牌人們見狀，紛紛趕緊戴上自己的防毒面具。想當然耳，只有我沒有防毒面具。她打算置我於死地。

「怎麼可以這樣……」

「不可能讓你活著回去吧。」

少女般天真又殘酷的聲音從防毒面具裡傳了出來。

雙手拿著殺人撲克牌。看起來彷彿已經釋放出毒氣。

「你答應我的事呢？」

「我答應你的事？是指約好的記號嗎？既然不知道是幾進制，答應你的事連存不存在都不確定不是嗎。」

連存不存在都不確定？又是這句話。

這句話只是為了正當化不守約定的行為，根本是強詞奪理……莫非在這個不可思議的國度裡，Cutie Euler 本人就是法律嗎？難道為了擺脫這個困境，必須用某種數學理論讓她心悅誠服嗎？

但是我的能力只到這裡。眼前的殺人撲克牌開始洗牌……

「跟說好的不一樣，所以時間到。」

這時，有個小小的聲音打斷洗牌。

「誰？」

Cutie Euler 大喊。

我也望向聲音的來處，只見她從戴著防毒面具的撲克牌人群裡面色從容地緩緩走出來——已經不再穿著愛麗絲的衣服，而是平常的藏青色西裝外套搭配紅色領結的制服。果然還是這種打扮最適合她。

「濱村同學！」

濱村渚以那雙睫毛纖長的大眼看著我微微一笑，拔下左手腕的粉紅色手表，一步一步地走向我。

「你是誰？」

「啊，我叫濱村渚，就讀千葉市立麻砂第二中學二年級。」

濱村渚面向一臉莫名其妙的 Cutie Euler，就像平常那樣子的自我介紹。

當然她也同我一樣，手裡並未拿著防毒面具那種駭人的玩意兒。她所擁有的武器，唯有數學天分而已。

「武藤警官，手表借我。」

我照她所說地摘下黑色手表，遞給她。

「你要做什麼？」

濱村渚轉身面向還戴著防毒面具、呆若木雞的 Cutie Euler，將粉紅色的手表與黑色的手表並排，拿給她看。

「粉紅色手表是這個世界使用的手表，黑色手表是我們那個世界使用的手表。」

有什麼不同嗎？看到粉紅色手表的數字盤時，我這才發現兩者之間的差異。

這個世界果然是撲克牌的世界，因為手表的數字盤雕刻著不是我們平常看慣的十二個數字，而是從A到K的十三個「數字」。此時此刻，黑色手表指著「12點59分」，而粉紅色手表則指著「Q時64分」。

「以我們『十二進制』的時間來說，接下來是『1點』，但是在這個一天有二十六個小時的世界裡，『十三進制』的時間還有個『K時』。大家要先過完從『K時整』開始的六十五分鐘，才會進入『A時』。」

「你說什麼？」

濱村渚條理分明的說明消滅了Cutie Euler的氣焰。她正在腦海中整理狀況。

砰！黃色的門突然被推開。

「沒有時間了！」

那隻穿著背心的兔子闖了進來。

「來、來人，給我抓住那隻兔子！」

Cutie Euler 尖叫，直到剛才還茫然地看著我們的撲克牌士兵開始動了起來，衝上前去壓制兔子，防毒面具發出互相撞擊的噪音。

然而，兔子完全不把他們放在眼裡，身手矯捷地跳著躲開，直接在空中踢掉其中一個撲克牌人的防毒面具。

匡啷。

下一瞬間，那個撲克牌人真的變成一張巴掌大小的撲克牌，悠悠地飄落在地上。

其他撲克牌人驚慌失措。

「沒有時間了！」

兔子再度華麗麗地跳了起來，這次用雙腳踢落兩個防毒面具，於是又有兩張撲克牌軟弱無力地飄落在地上。

奇妙的兔子如入無人之境地在正方形的房間裡跳來蹦去，不斷地將撲克牌人變回普通的撲克牌。撲克牌大軍們兵荒馬亂地被一迭聲喊著「沒有時間了！沒有時間了！」的他（或者是她）玩弄於股掌之間，人數逐漸減少。

「沒錯，沒有時間了。」

耳邊傳來濱村渚的喃喃低語，我想起第一次見到兔子是在茨城的廢墟。當時的確也是從『0點』開始的一個小時接近尾聲，正要進入『1點』的時候。當時兔子也嚷嚷著「沒有時間了！」……真是的，碰到這些熱愛數學的人，連手表都不能放心使用了。

「小渚好像也……」

年紀尚輕的數學恐怖分子在我面前摘下防毒面具，像是承認大勢已去地開始整理頭髮。她應該比我更明白這個道理。

「很喜歡數學呢。」

「是的。」

濱村渚笑容可掬地回答。Cutie Euler在她面前放下防毒面具，拈起花瓶裡的玫瑰花，插在自己的皇冠上。

「我們得到的是玫瑰花……」

右手放在細瘦的腰部，重心落在其中一條腿上，擺出模特兒的架勢。

「還是玫瑰的名字呢？」

下一瞬間，她將整疊殺人撲克牌往空中一丟。

啪啦啪啦啪啦啪啦……撲克牌宛如翩然飛舞的花瓣，紛紛飄落在她身上。

我情不自禁地凝視著她的身影，甚至忘了旁邊還有一個濱村渚。

修長的雪白四肢。沐浴在白光下，毫無危機意識地讓人眼睛吃冰淇淋的腹部和大腿，與其說是光滑細緻，甚至有點水嫩多汁的感覺。看到獵物就緊盯著不放的漆黑雙眸、展露笑容的嘴角。稱之為美人還太年輕的臉龐，散發著容易讓人卸下心防的妖艷感。

「後會有期了，武藤警官。」

天真爛漫、純粹、年輕又殘酷。如果讓我跳脱身為警察的立場，我會認為這些也都可以說是女性的魅力。

短T上印的『$e^{i\pi}=-1$』公式，那究竟代表什麼意思呢？

……卡嚓，卡嚓……

感覺耳邊傳來秒針的聲響，看了一眼濱村渚手中的黑色手錶，快『1點』了。

Cutie Euler不存在的時間到了。明明差點沒命，內心深處卻感到有點捨不得。

Σ

「……武藤，喂，武藤……」

有人正以不可一世的語氣呼喚我的名字，感覺好像從愉快的雲端一口氣滾落不愉快的深淵。

睜開眼，我躺在床上。陽光從窗外灑進來。

似乎是在病房裡。三坪大小的單人房，牆上掛著習以為常，這個世界的時鐘，指著十一點半。還有三個人影。

「武藤，你醒啦……」

瀨島直樹站在我枕邊……果然是你。

旁邊是竹內本部長和穿著藏青色制服的濱村渚，正憂心忡忡地看著我。

「真是個找麻煩的傢伙。」

瀨島沒好氣地說。我用力吸氣，只聞到無機質的床單味道，絲毫沒有哈密瓜的香氣。

「可是啊，這次多虧你，才能將殺人撲克牌的製造班底一網打盡。」

「什麼？」我下意識反問。

一網打盡什麼的，我到底做了什麼。

「你記得多少？」

瀨島觀察我的反應。

「我只記得自己追著兔子進入廢墟的事。」

「兔子？」

瀨島接下來告訴我的一切令我驚嘆連連。

深夜一點前，我好像被什麼東西附身般，突然衝向工廠。瀨島和大山都嚇壞了，但也沒有不管三七二十一地追上我，而是選擇立刻向縣警的現場指揮官報告。

警視廳的刑警一個人單槍匹馬地深入敵營，縣警也不能坐視不理。我消失在工廠裡還不到三分鐘，所有人就殺進工廠。

聽說我倒在輸送帶後面，身上都是撲克牌。然後在我身體下方發現有個金屬製的把手，還有個巨大的蓋子。

瀨島等人覺得有鬼，把我移開，打開蓋子一看，樓梯通往地下室深處，透出微弱的光線……地下有個寬闊的空間，一群人在裡頭忙得不可開交。他們正是黑色三角板的「殺人撲克牌製造小組」。

殺人撲克牌是用特殊的有毒瓦斯製成。所以在我睡著的時候，他們已經達成共識，認為我那些奇怪的行為大概是因為在工廠附近吸到不知道什麼時候外洩的瓦斯。

「不僅如此，我們還抓到這傢伙喔，都是武藤的功勞。」

竹內本部長讓我看照片，照片中的那張臉孔讓我下意識地坐起來。

「這是……」

我當然認識那張臉。是Cutie Euler，皆藤千奈美。

「負責製造殺人撲克牌的果然是這傢伙。明明才二十歲，真可怕。」

瀨島不以為然地嗤笑。

「她現在人在哪裡？」

「目前在茨城縣警的拘留所。預定從下午進行審訊。」

Cutie Euler被捕了。這麼一來，大概也能掌握到畢達哥拉斯博士的藏身之處。由於我的自作主張，一口氣拉近了與組織大頭目的距離。可是……

我陷入沉思。

總覺得這一切都令人難以釋懷。

那個世界確實充滿了匪夷所思的事，例如吃下海苔就能離開沒有門的房間、遇見從嘴裡吐出蠶絲的男人、撲克牌軍隊眨個眼就變成真正的撲克牌……全都超乎現實。

可是，能用一句「超乎現實」就為那些體驗畫下句點嗎？那個乍看之下人畜無害，卻隱隱散發著藏不住知性鋒芒的 Cutie Euler 居然這麼輕易地被抓住……那一切都是我做的夢嗎？

「我們要有後續工作要處理，先走了。」

瀨島轉過身。

「武藤，今天一天你就好好休息吧。」

竹內本部長也接著說：

「濱村，你呢？」

「啊，我有話要跟武藤警官說。」

始終默不作聲的濱村渚仰頭對瀨島說。終於覺得壓在心頭的大石有些鬆動，我也想跟她聊聊。

「這樣啊，別聊太久喔。」

「好。」

濱村渚微微一笑，走到我的枕邊。臉上依舊掛著微笑，與我在那個國度看到的表情有幾分神似。

「怎麼了？」

「武藤警官，舉例來說……」她邊在腦海中整理思緒邊說。

「假如有個寫著十三個數字的時鐘，那個時鐘的一小時與我們習以為常的一小時，會是完全相同的長度嗎？」

彷彿有盆冷水兜頭淋下，我和她果然在那個國度冒險過。

「我們的時針轉一圈是六十分鐘，那個世界的時針轉一圈是六十五分鐘。兩邊的世界都稱這段時間為一小時，假如是完全相同的長度，那邊的一分鐘與這邊的一分鐘不就會有所誤差嗎？」

這麼說來，確實和鬣蘜男及口罩店老闆他們的時間有誤差……

「那邊的一分鐘應該會比我們的一分鐘稍微短一點。」

到底會短多少呢？我們的一分鐘是一個小時的六十分之一，對方的一分鐘是六十五分之一……

「請你仔細思考看看。」

她要我思考……我忍不住望向瀨島和本部長的臉。他們還是老樣子，不解地歪著頭，表情複雜的臉上寫著「你自己想」幾個大字。

我又不是故事裡的登場人物，再加上人還躺在病床上，就算真的有故事書，我也無法自己翻頁確認。

要是有人能替我確認一下就好了……發現這大概是無法實現的願望後，我閉上眼睛。

濱村渚。她才是最不可思議的女孩。

尾聲

『哥尼斯堡之夢』

「本部長！」

尖銳的聲音嚇得我再度睜開雙眼。

吁、吁……大山梓的短髮亂七八糟、上氣不接下氣、一臉無比認真地衝進病房。

「幹麼啦，吵死人了。」

瀨島一拳搥在她的肩膀上，大山面向瀨島，更大聲地對他說：

「皆藤千奈美逃走了！」

「你說什麼？」

「什麼時候的事？」

事情是這樣的。

大約是三十分鐘以前，外送員來為關在茨城縣警拘留所的人犯送餐，就在負責此事的職員請他進門的瞬間。

噗咻！

殺氣騰騰的煙霧包圍了職員，外送員竟然從懷裡掏出催淚噴霧噴向他

——令他感到眼睛一陣劇痛。原來外送員是黑色三角板的恐怖分子假扮的。恐怖分子直接用手槍抵住職員的腹部，逼他交出鑰匙，然後立刻取出小型炸彈，安裝在牆上，把牆壁炸穿，殺進裡頭的拘留所。

據職員的描述，前後大概不到一分鐘的時間，皆藤千奈美與其他十五名恐怖分子全部逃走了。不愧是數學恐怖分子，脱逃行動非常有效率。

「最可惡的是……皆藤那傢伙……」

大山梓氣喘吁吁地邊說邊拿出一張照片。

「還在拘留所牆上……留下莫名其妙的訊息………」

照片裡有一張大紅色的心形卡片，上頭寫著以下的白字。

『請一次走完普瑞格爾河的橋之後，再來抓我吧——Cutie Euler』

普瑞格爾河。好像聽誰說過這條河的名稱……想起來了，是魔術方塊王子接受偵訊時說的。

「什麼意思……？」

瀨島嘟囔，我們自然而然地將視線移到濱村渚臉上。

她以迷濛的雙眼輪番打量我們，拿出櫻桃筆記本，似乎想到什麼。

「普瑞格爾河是指流經德國哥尼斯堡的河流。」

果然跟數學有關，否則濱村渚不可能知道外國的河流名稱。

「哥尼斯堡有個這樣的島，島上有七座橋。」

粉紅色自動鉛筆龍飛鳳舞地描繪出岔開的河流與架設在河流上的橋——島上有七座橋，分別與三邊的河岸相連。

「從某個時候開始，哥尼斯堡開始流傳著這樣的傳説，只要一次走完七座橋，而且同一座橋不經過兩次，心願就能實現。真

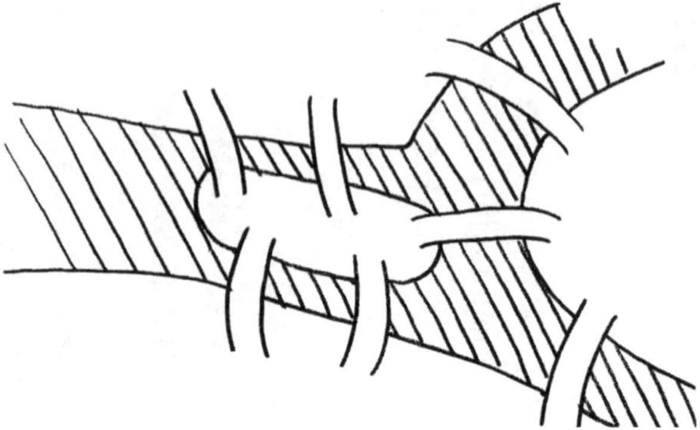

是浪漫的傳說。」

濱村渚微微一笑。即使在這麼無機質的病房裡，也立刻被她說的話吸引住。

「瀨島警官，從哪裡開始都可以，請找出這樣的路線。」

在濱村的催促下，瀨島盯著櫻桃筆記本，用手指開始嘗試各式各樣的走法。

「啊！可惡，還是不行……」

瀨島好像失敗了。我也暫時忘記 Cutie Euler 逃走的緊急狀況，看著圖開始動腦思考。

嗯，這也不行……這裡要是能多一座橋的話，就能一次走完了。

「這根本不可能嘛。」

我與瀨島陷入苦戰時，大山梓斬釘截鐵地說。濱村猛然抬起頭。

「你怎麼會這麼想？梓姊姊。」

我還以為大山又是無憑無據地胡亂猜測，但卻很反常地準備好了立論根據。

「因為啊，不管是這邊的河岸、那邊的河岸，還有這座島，架設在它們上頭的橋都是奇數。」

光是從大山口中講出「奇數」這個單字就已經夠令人跌破眼鏡了。可是奇數和這個問題有什麼關係？濱村渚張大睫毛纖長的眼眸，注視著大山。

大山接著說：

「通過島或岸邊以後啊，一定要再去別的地方才行，所以架設在上頭的橋一定要是偶數才行，不是嗎？」

原來如此，我好像明白她的意思了。橋如果為奇數，遲早會沒有橋可以通往下一個地方。

「也就是說，架設橋梁為奇數的地方一定要是起點或終點才行，所以以三個岸邊和島為例，這四個地方至少有兩個地方會成為通過點，因此如果統統是奇數的橋，就辦不到了。」

「至少」這個單字也不適合從大山口中說出來——就在我想到這一點的

瞬間。

「好厲害，真不愧是梓姊姊！」

濱村渚拚命拍手，向大山梓表現敬意，眼裡甚至浮現感動的淚水。

「這就是由歐拉老師證明的一筆畫原理。」

歐拉這個名字讓我們三個人的表情僵在臉上，可是，我隨即轉念，認為自己不可以這麼想。對我們來說，歐拉雖然是 Cutie Euler 的代號，但是對於這個數學少女而言，卻是值得尊敬的數學家大名。

「等一下。」

一直保持沉默的竹內本部長開口。

「換句話說，Cutie Euler 是想這麼說嗎？……『想要抓住我，在數學上是不可能的』。」

圓滾滾的雙眸、稚氣未脫的臉。腦海中浮現出在不可思議的國度見面時她的表情。在數學上不可能抓到她……這個訊息的背後，或許有什麼我們難以想像的難解理論背書，充滿了才女的自信。

「可惡！」

瀨島氣急敗壞，正打算一拳搥在櫻桃筆記本上時，濱村渚驚叫一聲，趕緊將筆記本移到我跟前避難，使得「七橋問題」再度橫亙在我面前。

我又試了一次，果然還是會留下一座橋。

「……要是在這裡再搭一座橋，就能全部通過了說。」

語畢，濱村渚看向我，露出開心的笑容，雙眼閃閃發光。

「能聽到武藤警官這麼說真是太好了。」

「咦？」

瀨島和大山和本部長都一臉不可思議地等她說下去。

「我小時候第一次看到這個問題時也這麼想。於是我發現了，這個問題真正了不起的地方。」

「真正了不起的地方？」

「大家想想看嘛，假設這條河還有一座橋，這麼一來，無論橋架設在哪裡，都能一次通過所有的橋喔。」

真的嗎。直到剛才還是不可能的任務，只要再一座橋，而且搭在哪裡都可以？

……原來如此。稍微思考過後，我也懂了。

架設在四個區域的橋都是奇數的話，只要再搭一座橋，就會有兩個區域的橋同時變成偶數。

「我曾經為此在幼稚園發的塗鴉本上用蠟筆畫過很多圖，但是這種性質，在『不可能一筆畫到底的圖形』中也算是罕見的。」

「渚，你從幼稚園就開始做數學啦？」

大山聽得瞠目結舌。

「對。我喜歡粉紅色，所以粉紅色的蠟筆很快就用完了。」

濱村渚眉開眼笑地點點頭，再次輪流打量我們，臉上像是寫著「你們覺得呢？」一般。我已經說過好幾次了，這個國中女生生來就喜歡數學，喜歡得不得了。

「只要再架設一座橋就行了。」

追捕Cutie Euler也是同樣的道理嗎。我看著瀨島與大山，他們臉上皆浮現出和我相同的決心。

「只要能一次走完架設在普瑞格爾河上的橋，就能實現願望，這是哥尼斯堡人永遠的夢想……也是我從小的夢想。」

啪嗒。

耳邊傳來熟悉的聲音。濱村渚闔上計算筆記。這次的數學到此為止。

一時半刻的沉默。在Cutie Euler逃走的狀況下，這麼想或許輕率，但我還滿享受這段時間。

「說什麼從小……我說濱村吶……」

瀨島直樹又恢復他那種壞心眼的口吻。

「你現在也很小好嗎。」

濱村渚睜著她那雙眼皮大眼，眼神突然變得銳利。

「討厭！瀨島警官為什麼總要說這種討人厭的話呢！」

啪！濱村拍了瀨島的手臂一下。大山笑著說：「哈哈哈！討不討厭姑且不說，但你真的得再長大一點才行。」濱村氣鼓鼓地反擊：「反正我就是不敢吃蘆筍啦。」平常和樂融融的氣氛出現在與數學恐怖組織對決的空檔，出現在白色病房，出現在我面前。

——後會有期了，武藤警官。

冷不防，Cutie Euler，皆藤千奈美最後留下的那句話伴，隨著哈密瓜的香氣從我的意識中掠過。

擁有數學這項特殊才能的恐怖分子。我們今後大概還要繼續面對超乎想像的難解習題。因為……我們已經徹底變成數學的俘虜，無法放棄追逐黑色三角板了。這也全都是因為遇見這個小女生。

濱村渚毫無自覺地站在床邊，正與瀨島、大山有說有笑地嬉鬧。明明還要我「今天一天好好休息」。我露出苦笑，望向窗外。

雲朵飄浮在閑靜晴朗的藍天裡，彷彿恐怖攻擊事件完全不關它們的事。產生那朵雲的原理大概也有某種數學根據吧——我不禁有點好奇。

※作品中提到曾呂利新左衛門的事蹟出自於《和算で遊ぼう！江戸時代の庶民の娯楽》（佐藤健一著，KANKI PUBLISHING 二〇〇五年出版）。此外，把江戶時代的貨幣價值換算成現代的貨幣價值有好幾種方法，「1文＝18圓」不見得是正確的標準。

※作品中提到愛麗絲的台詞是來自《愛麗絲夢遊仙境》（路易斯．卡羅著）。

※濱村渚好像不知道，哥尼斯堡在歐拉生存的十八世紀原本屬於德國領土（正確地說是普魯士領土）現已改名為「加里寧格勒」，變成俄國的領土。

※本作品為虛構作品，與現實生活中的事件、人物、團體等沒有任何關係。

参考文献

Newton別冊『確率に強くなる』（ニュートンプレス／2010年）・Newton別冊『虚数がよくわかる』（ニュートンプレス／2009年）

Newtonムック『数学でわかる宇宙と自然の不思議』（ニュートンプレス／2002年）

『数学のしくみ』（川久保勝夫／日本実業出版社／1992年）

『和算で遊ぼう！』（佐藤健一／かんき出版／2005年）

『数学21世紀の7大難問』（中村亨／講談社ブルーバックス／2004年）

『数学通になる本』（中宮寺薫／オーエス出版／1994年）

『5分でたのしむ数学50話』（エアハルト・ベーレンツ著、鈴木直訳／岩波書店／2007年）

『フェルマーの最終定理』（サイモン・シン著、青木薫訳／新潮文庫／2006年）

『数の魔法使い』（ロブ・イーストウェイ、ジェレミー・ウインダム著、軽部征夫訳／三笠書房／2000年）

『数学ガール』（結城浩／ソフトバンククリエイティブ／2007年）

〈無法整除的男人〉P220頁的答案

濱村渚的偏差值：42

【解說】

因為是以「7無法被整除，所以是不吉利的數字」為主題，作品中出現幾個7的倍數。

14……濱村、長谷川的年齡（P189）

21……23班的競爭對手（P181及其他）

28……奧井被告的年齡（P159）

35……咖哩店「婆羅米」的香料種類（P193）

49……虛構的殺手名字（P160及其他）

56……腳印主人的推估體重（P185）

63……奧井的體重（P185）

作品中沒有出現過的數字是7×6的42。濱村渚「不給看」的數字＝她的偏差值。

濱村渚的計算筆記　第2冊　後記

太好了，又可以跟各位讀者見面了。又或者是「初次見面」？

《濱村渚的計算筆記》是我的出道作品，已經發展成一系列，這本是第二集。這部系列作品講述個頭嬌小的國中二年級女生因為熱愛數學，與恐怖分子對抗的故事。從這本才開始看當然也能享受到箇中的樂趣，但是衷心期盼行有餘力的人可以從第一集開始看。

接下來我想帶大家回顧每個章節，可能會提到些許劇情內容，請小心閱讀。因為是「後記」，所以最好能「留到最後」再看。

log10.『五顏六色的處刑台』

直覺告訴我「魔術方塊充滿了數學的要素！」於是我查了很多資料後，寫下這個故事，其實也是我最喜歡的故事。怎麼說呢，因為出現在作品裡的問題明明是「幾何學」再不然就是「排列組合」的問題，渚最後打敗魔術方塊王子的關鍵卻是「理論」。這大概是只有嘗試過各種數學手法的渚才能想出來的解決方法——我自己是覺得很滿意啦，但是從這個角度來閱讀的讀者好像不多，渚自己大概也沒想到這一點。小說家真是種孤獨到底的職業，男人真是種孤獨到底的生物。

另外，負責畫插圖的桐野先生似乎很喜歡魔術方塊王子，畫出非常符合人物風格的插圖，感激不盡。

log100.『美麗的類小姐』

這是承襲公家血統，來自名門貴族的大小姐實業家——榆小路類登場的故事。這個故事的重點或許在於事件並非由渚解決。這個系列基本上是由武藤警官負責扮演華生的角色，採取夏洛克·福爾摩斯的辦案模式，如此一來，渚想當然耳要扮演福爾摩斯的角色。傷腦筋的是渚與其他推理小說的主角最大的不同，就在於她本人絲毫沒有「我是名偵探」的自覺。她大概會說：

「欸……偵探是什麼？我不太清楚呢。」

log1000.『無法整除的男人』

啊，小千在這個故事出場了。小千是渚最要好的朋友，所以大概很會照顧人。「在法院的證人台上提出數學的證據」是我很想在數學系列作品裡嘗試的寫法。放眼古今中外的法庭，想必也只有渚才能辦到這一點，而且很緊張刺激不是嗎。話說回來，我想到一件事，渚雖然很怕生，可是心臟其實很大顆吧。因為只要是跟數學有關的事，其他東西根本不被她放在眼裡。

log10000.『濱村渚夢遊仙境』

來了，Cutie Euler 出現了。感覺這個角色將左右今後這個故事的發展。因為她可是「歐拉」呢。

這個故事，喜歡的人會很喜歡，不喜歡的人也會很不喜歡吧？原因或許出在奇幻色彩太強了。可是我認為數學本來就是極端的奇幻色彩，像是「無限趨近於0的大小」、「無論從哪裡切開都會出現數值的數線」、「比較無限大的濃度」。所以我想大聲宣布，喜歡這個故事的人才是真正懂《濱村渚系列》的人。而解開這個世界觀之謎的武藤警官，以及陪他解謎的各位看倌已經無法擺脫數學的魅力了。此刻是否還在絞盡腦汁地思考最後留下的「時鐘之謎」呢？

——以上僅僅是作者自己的回顧及感想。

書一旦出版，就連作者也將成為讀者之一。我認為為作品塑造形象的反而是各位讀者。因此，要是有人覺得「青柳明明是作者，卻一點也不了解渚」，對我反而是至高無上的讚美。我打從心底期盼每個人心目中都有屬於自己的濱村渚。

最後再來講點正經的。

這個系列原本是我上班的補習班有個國中生問我：「學數學對將來到

底有何幫助？」才誕生的作品。如今出版到第二集，我心中已有答案，可以回答有相同疑問的少年少女。

針對各位的這個問題，沒有任何大人可以回答到讓各位滿意。因為各位的「將來」是各位自己的東西。再說了，不覺得讓可恨的大人告訴你們「對將來有什麼幫助」很不是滋味嗎？讓別人幫自己決定「對○○有幫助，所以要學習」不是很令人火大嗎？

不過，我的意思也不是要各位畫地自限地認為「學這個一點幫助也沒有」。因為這麼一來，只會把自己未來的路走得愈來愈窄。

因此，不要動不動就問大人「有什麼幫助」，而是隨時在自己心裡思考現在不甘不願學習的事物「能不能對什麼做出貢獻」，立志成為能將其轉化為將來樂趣的人。這麼一來，過了幾年以後，當各位長大成人，不就能以異想天開到連當初傳授這個知識給各位的大人都想不到的方式，不對，是其他七十億地球人都想不到的有趣方式，讓這份知識做出貢獻嗎？我認為這或許就是人類誕生到這個世界上的意義。

我想把自己的座右銘，艾伯特．聖捷爾（出身自匈牙利的生化學家，維他命C的發現者）說過的話送給看到這裡的少年少女們。

「所謂發現，是從與萬人看到相同的事物中，注意到其他人沒注意到的部分。」

……不好意思，我已經以「用小說創造一個對抗數學恐怖組織的國中二年級數學少女」的方式來做出貢獻了。直到現在，我依舊滿腦子都是如何將當時被迫學習的數學、枯燥乏味的上課內容「運用到下一次故事裡」的念頭。

那麼，暫時要先跟大家說再見了。今後也請繼續支持渚。

獻給所有熱愛數學的人，以及所有不喜歡數學的人。

但願明天能比今天更有趣一點。

二〇一一年，歲末　青柳碧人

●本書於二〇一〇年七月自講談社Birth書系發行

娛樂系　049

濱村渚的計算筆記　第2冊　不可思議王國的期末考

作者　青柳碧人
譯者　緋華璃
責任編輯　賴逸安
數學名詞校對　陳南羽
封面繪圖　桐野壱
美術設計　POULENC
書衣裡插畫　chocolate
內文排版　高嫻霖
發行人　林依俐
出版　青空文化有限公司
台北市大安區敦化南路二段105號9樓
讀者服務信箱：service@sky-highpress.com
總經銷　大和書報圖書股份有限公司
電話：02-8990-2588
印刷　前進彩藝有限公司
出版日期　2024年7月　初版一刷
定價　340元
ISBN　978-626-97585-7-9

《HAMAMURA NAGISA NO KEISANN NOOTO　2SATSU-ME
FUSHIGI NO KUNI NO KIMATSU-TESUTO》

Original Japanese edition published by KODANSHA LTD.
Traditional Chinese publishing rights arranged with KODANSHA LTD.

國家圖書館出版品預行編目（CIP）資料

濱村渚的計算筆記　第2冊　不可思議王國的期末考 /
青柳碧人著 ; 緋華璃譯 .
-- 初版 . -- 臺北市 : 青空文化 , 2024.7
320 面 ;　10.5 x 14.8 公分 . -- (娛樂系 ; 49)
譯自 : 浜村渚の計算ノート 2さつめ ふしぎの国の期末テスト
ISBN 978-626-97585-7-9(平裝)
861.57　　113004606

青空線上回函